AF220730

Die Mädchen des alten Waisenhauses

VIOLA KRAFT

Bibliografische Information der Deutschen Nationalbibliothek: Die Deutsche Nationalbibliothek verzeichnet diese Publikation in der Deutschen Nationalbibliografie; detaillierte bibliografische Daten sind im Internet über <u>dnb.dnb.de</u> abrufbar.

© 2020 Viola Kraft
Herstellung und Verlag: BoD – Books on Demand, Norderstedt

ISBN: 9783752671063

20. August 1973

Ich war gerade dabei ein Leintuch aufzuhängen, als ich auf meinem Rücken einen festen Schlag spürte. Der Schmerz zog sich durch meinen ganzen Körper, sodass mir alles weh tat. Ich wusste zwar nicht, weshalb ich einen Schlag mit der Rute verdient hatte, doch da ich zusammenzuckte, bekam ich gleich darauf noch einen zu spüren. Diesmal fast auf meinen Kopf. Tränen, die mir die Wangen hinunterliefen, wischte ich schnell weg.

Ohne mir anmerken zu lassen, an welchen furchtbaren Schmerzen ich gerade litt, hing ich die restlichen Lein- und Tischtücher noch schneller auf die Wäscheleine. Mit großer Angst, etwas falsch gemacht zu haben und noch einmal geschlagen zu werden, drehte ich mich ganz langsam um und schaute zu Boden. Ich wollte und ich konnte nicht der Frau in die Augen sehen, die mir dies antat, ohne ein bisschen Mitgefühl zu verspüren. Es machte sogar den Anschein, als würde es ihr ein klein wenig Freude bereiten, was meinen Hass auf diese Frau nur noch vergrößerte.

Da ich zu Boden schaute schrie sie mich an, riss mit ihrer rauen Hand mein Kinn Richtung Decke, sodass ich ihr direkt in die Augen blickte. Sie schaute mich eine Weile an - nicht lange - aber man merkte, dass es dieser Frau kein bisschen leidtat, einem Kind Schmerzen zuzufügen.

Mit großer Wucht stieß sie mich plötzlich zur kalten Kellerwand der Waschküche. Ich landete mit dem Kopf an der Wand *und begann zu bluten. Ohne jeglicher Schuldgefühle schlug sie, so fest wie sie konnte, auf mich ein. Ich kniff meine Augen zusammen und ließ es über mich ergehen. Schon nach kurzer Zeit begann ich aus der Nase zu bluten, doch es interessierte sie nicht. Als würde sie es einfach nicht sehen. Doch als wäre das nicht schon genug, spuckte sie mich an und beschimpfte mich.*

Als ich bereits völlig verstört und zusammengerollt am Boden lag, hörte sie endlich auf nach mir zu treten.

Ich wusste nicht was ich falsch gemacht hätte, deshalb dachte ich, sie schlug auf mich ein, um ihre Wut an jemanden auszulassen.

Danach griff sie nach meinem Oberarm, zog mich an sich ran und schubste mich die Treppe nach oben. Sie ließ keine Sekunde lang meinen Oberarm los. Sie drückte so fest zu, dass es sich anfühlte als würde sie mir meinen Arm zerquetschen. Dann schloss sie die Kellertür zu und zehrte mich hinter sich her.

Ich konnte mich kaum noch aufrecht halten, da ich den riesigen Schritten der widerwärtigen Frau nicht folgen konnte. Mir tat mein ganzer Körper weh. Ich fühlte mich wie ein Nichts. Selbst die anderen Nonnen kümmerte es kein bisschen wie ich aussah oder was mir angetan wurde. Ohne zu schauen, wo wir waren wurde ich plötzlich in einen Raum geschubst. Als ich einen kurzen Blick durch den Raum wagte, durchzog mich die Erleichterung.

Sie hatte mich auf mein Zimmer gebracht, welches ich mir mit fünf anderen Mädchen teilte. Wir schliefen auf teilweise alten Matratzen, die auf dem Boden lagen. Ich hörte nur noch, wie die Tür verschlossen wurde, als ich mich auf mein Bett schmiss und zu weinen begann. Ich vermisse euch so sehr.

F. B.

~ 1 ~

Um 7 Uhr morgens kam meine Mutter in mein Zimmer, um mich zu wecken. Ich hatte schon wieder verschlafen. Gequält und noch völlig fertig vom Wochenende, an dem ich mit meinen Freunden feiern war, kroch ich aus meinem warmen Bett ins Badezimmer, um mich für die Schule fertig zu machen. Ich hatte definitiv zu viel Alkohol getrunken und zu wenig Schlaf bekommen, deshalb versuchte ich meine Augenringe mit Make-up zu überschminken.

Nach einigen Minuten rief meine Mutter nach mir: „Philina, beeil dich sonst kommst du zu spät zum Bus!" Also legte ich einen Zahn zu, schlüpfte in irgendeinen warmen Pullover, den ich in meinem Schrank fand und in meine Lieblingsjeans und rannte die Treppen hinunter in die Küche, wo meine Mutter bereits auf mich mit dem Frühstück wartete. Da ich aber schon so spät dran war, stopfte ich mir schnell ein Marmeladenbrot in den Mund, trank ein paar Schlucke Kamillentee und ging zur Haustür. Es war ein kalter Wintermorgen, also verließ ich das Haus nicht ohne Schal, Mütze und meinen Handschuhen. Ich verabschiedete mich von meiner Mutter und verließ das Haus.

An diesem Morgen zog der Wind besonders stark. Die Straßenlaternen waren an, weil es noch dunkel war. Keine Menschenseele befand sich auf der Straße. Sie war wie ausgestorben. Ich schloss die Haustüre, atmete kurz die eiskalte Winterluft ein und rannte im nächsten Moment auch schon schnurstracks zur nächsten Bushaltestelle die zum Glück gleich an der nächsten Ecke war.

Mit etwas Angst auszurutschen, lief ich vorsichtig an einem Spielplatz, der am Ende der Straße lag und dem Heurigen, in dem ich im Sommer immer arbeitete, vorbei. Ich musste den Schulbus zwar mit auffälligem Händefuchteln aufhalten, erwischte ihn aber noch und stieg halb erfroren ein.

Ich setzte mich, so wie jeden Morgen, neben meinen besten Freund Miles.

Er saß wie immer mit einer grauen Mütze auf unserem Stammplatz, ganz hinten links. Miles war seit dem Babykrabbelkurs, den unsere Mütter damals zum selben Zeitpunkt besuchten, wie ein Bruder für mich. Er war ein recht attraktiver Kerl mit brünetten Haaren, die

man aber nie sah, da er meistens eine Mütze drüber-
zog.

„Guten Morgen du Schlafmütze", begrüßte er mich und
rutschte hinüber auf den Platz am Fenster, sodass ich
mich setzen konnte. „Guten Morgen" piepste ich noch
völlig verschlafen zurück.

„Ist bei dir alles gut?" fragte mich Miles gleich darauf.
„Jaja, alles okay. Ich war am Wochenende feiern und
habe einfach viel zu wenig Schlaf bekommen und
heute deswegen verschlafen". „Haha, ja das kommt davon, wenn man unter der Schulzeit feiern geht!" lachte
mich Miles aus.

Miles ging nämlich nie feiern, er hielt es für unreif
mit diesem jungen Alter literweise Alkohol zu trinken
und auf Partys zu gehen. Obwohl ich finde, dass man
mit 15 schon bereit dafür ist.
Aber Miles war schon immer der Vernünftigere und
Verantwortungsvollere von uns. Lag vielleicht auch
daran, dass er zwei kleine Geschwister hatte und sich
fest vornahm, für diese ein Vorbild zu sein.

Ich hatte dafür immer großes Verständnis, denn seit
Miles Vater vor drei Jahren gestorben war, hatte er das
Gefühl, er müsse jetzt die „Vaterrolle" einnehmen und

der Mann im Haus sein.

Da wir am Land wohnten und die Schule, die wir besuchten in der Stadt war, fuhren wir täglich jeweils eine halbe Stunde mit dem Bus hin und zurück. An diesem Morgen starrte ich die Schneeflocken an, die ans Fenster des Schulbusses flogen und langsam am beheizten Fenster hinunterronnen.

Nach einer etwas erwärmenden Busfahrt stiegen wir nach gefühlten fünf Minuten schon wieder aus. Miles und ich gingen in dieselbe Klasse einer Oberstufe für soziale Berufe. Das war schon immer unser Ding. Irgendetwas machen, um Menschen zu helfen. Deshalb war die Wahl nach der Hauptschule für uns nicht sonderlich schwer gewesen.

Als wir nach der Schule wieder nach Hause fuhren, verabredeten wir uns am Nachmittag bei mir, um für den anstehenden Physiktest zu lernen. Auch wenn ich Physik hasste freute ich mich einfach, dass wir uns mal wieder bei mir verabredeten.

„Bis später!" sagte Miles und stieg zwei Stationen vor mir aus.
Als ich kurze Zeit später ebenfalls aus dem Bus ausstieg, versank ich erst einmal tief im Schnee. Es hatte

so viel geschneit, dass man kaum noch gehen konnte, ohne an den Füßen nass zu werden. So stapfte ich meinen gesamten Nachhauseweg mit kalten Zehen und einer nassen Jeans bis zu den Knien nach Hause.

Völlig erfroren zog ich erst einmal meine Hose aus, schlüpfte in bequemere Klamotten und machte mir einen heißen Tee. Ich war alleine mit meinem Hund Mira zu Hause, da meine Mutter bis am Abend arbeiten musste.

Seit mein Vater uns für eine andere Frau verlassen hatte und in die Schweiz gezogen war, für dessen neue Familie, lebten Mama, Mira und ich alleine in diesem viel zu großen Haus.

Als Miles dann irgendwann gegen Abend bei mir auftauchte, marschierten wir zusammen mit einer Tasse Kaffee in mein Zimmer. Unsere produktive Zeit dauerte jedoch nicht lange, weil er meinte, dass es Neuigkeiten gäbe.

„Du kennst doch sicher das Waisenhaus, das am Rand der Stadt steht, oder?" „Ja klar, wieso?", fragte ich interessiert.

Das alte Waisenhaus war mir noch nie wirklich sympathisch gewesen. Auch wenn eigentlich nur kleine Kinder und die Nonnen, die auf sie aufpassten, darin lebten, machte es eher einen gruseligen Eindruck auf mich. Man hat immer Gerüchte darüber gehört, dass die Kinder dort geschlagen werden. Doch es konnte nie nachgewiesen werden, wodurch es bei Gerüchten blieb.

„Was ist denn damit?", fragte ich.

„Heute nach der Schule lag die Zeitung auf unserem Küchentisch. Du weißt ja, normalerweise lese ich keine Zeitung. Aber im Vorbeigehen sah ich auf der Titelseite die Schlagzeile *Nonnen misshandelten jahrelang Kinder.*"

Der Mund fiel mir auf, als ich Miles's Berichten lauschte. Meine Augen wurden immer größer und starrten Miles an.

Nach einer kurzen Pause fuhr er fort: „Die Nonnen wurden alle untersucht und von der Polizei verhört. Morgen beginnen die ersten Sitzungen vor Gericht."

„Und was passiert jetzt mit den Kindern?", war im Moment meine einzige Frage. „Das Jugendamt sucht jetzt nach Familien, die ein oder mehrere Kinder auf unbestimmte Zeit zu sich nehmen könnten."

Da ich schon immer, wie meine Oma es immer gerne nannte, das *Helfersyndrom* habe, konnte ich natürlich nach so einer Bombe die Miles platzen ließ, nicht einfach wegsehen und wollte irgendwie helfen.

Ich dachte nicht sofort daran ein Kind aufzunehmen, jedoch änderte sich dies in den nächsten Stunden. Ich hatte mir sowieso schon immer eine kleine Schwester oder einen kleinen Bruder gewünscht. Ob dieses Kind jetzt aus Mama's Bauch kam oder nicht, tat für mich nichts zur Sache. Ich musste also unbedingt meiner Mutter davon erzählen.

Da meine Gedanken nur noch um dieses Thema kreisten, konnte ich mich nicht mehr auf den Lernstoff konzentrieren, also hörten Miles und ich auf zu lernen. Wir redeten noch stundenlang über das eine Thema, unsere Kindheit und das eine Thema führte zum Nächsten, sodass wir gar nicht meine Mutter hörten, als sie von der Arbeit nach Hause kam.

Als Miles dann weg war, wollte ich noch mehr Details und Informationen über diesen Fall herausfinden. Also holte ich die Zeitung aus dem Briefkasten, googelte im Internet und suchte alles über das alte Waisenhaus, das ich finden konnte. Dabei stieß ich sogar auf uralte Bilder, wo die Kinder reihum aufgestellt waren. Wenn man genauer hinschaute, merkte man auch, dass niemand auf diesem Bild lachte bzw. grinste.

Auch ältere Dokumente, wo *Anzeige* darauf stand fand ich, doch auf allen war das Wort *abgelehnt* zu lesen. Anscheinend hatten später die Kinder, als sie erwachsen waren versucht, das Waisenhaus auffliegen zu lassen, doch bisher ohne Erfolg.

Fast drei Stunden verbrachte ich damit mich über die Vorfälle im Waisenhaus schlau zu machen. Auch über die Adoptionen der Kinder versuchte ich ein paar Informationen herauszufinden, weil ich meine Mutter noch am selben Tag unbedingt davon erzählen wollte, wenn sie nicht schon bereits davon gehört hatte. Ich rannte also die Treppe hinunter ins Wohnzimmer, wo meine Mum vor dem Fernseher saß und sich irgendeinen Kriminalfilm anschaute und setzte mich neben sie auf das Sofa.

„Du, ...Mama?", begann ich das Gespräch. Irgendwie war ich aufgeregt, denn schließlich war das keine Frage, die man seiner Mutter jeden Tag stellte. Fraglich und mit einem interessierten Blick, schaute sie mich an und drehte den Fernseher leiser. Sie ahnte bereits, dass jetzt etwas Schlimmes kommen würde, oder eine riesengroße Bitte.

Naja, eigentlich war es eine Bitte, aber eine, die hoffentlich auch das *Helfersyndrom* meiner Mutter hervorrufen würde, wenn sie meinen Vorschlag erst hörte.

Dann fing ich einfach an zu erzählen. Ich erzählte ihr von dem Waisenhaus, von den vielen alten Anzeigen, den Gerichtsverhandlungen der Nonnen und den vielen Kindern, die jetzt alle kein Zuhause mehr hatten. Und da machte ich dann eine Pause, denn ich sah, dass meine Mutter irgendwie überfordert von dem Ganzen war.

Nach einer kurzen Pause, in der sie keinen Mucks von sich gab und mich anstarrte, erzählte ich ihr noch, dass das Jugendamt jetzt nach Familien suche, die ein Kind aufnehmen würden. Noch immer gab meine Mum keine Reaktion von sich.

Auf einmal sah ich wie ihr eine Träne die Wange runterlief.

Noch bevor ich ihr ein Taschentuch reichen konnte stand sie auf, drehte ihren Rücken zu mir und nuschelte: „Wir reden ein anderes Mal darüber, ich bin schon müde. Gute Nacht."

Völlig verwirrt schaute ich ihr zu, wie sie in ihrem Schlafzimmer verschwand. Danach ging ich auch schlafen.

Am nächsten Morgen saß ich im Bus natürlich wieder neben Miles. Auch ihm erzählte ich sofort was ich vorhätte und er war restlos begeistert.

Er hatte auch kurz darüber nachgedachte, meinte jedoch, dass seine Mutter schon jetzt maßlos mit den Kindern überfordert war und es deshalb eher nicht möglich war. Aber mich bestärkte er mit meiner Idee und bot sich sogar als helfenden Bruder an, wenn es nötig war.

Das fand ich irgendwie süß. Aber auch wenn Miles auf meiner Seite war, wusste ich noch nicht wie meine Mutter darüber dachte, also brachte es mir wenig, wenn ich mir die Zukunft mit dem kleinen Kind vorstellte.

Ich versuchte jeden Tag aufs Neue den richtigen Zeitpunkt und die richtigen Worte zu finden, um mit meiner Mutter noch einmal darüber zu reden, ohne dass sie gleich wieder weggehen würde. Entweder hatte sie das ganze Thema vergessen oder sie wollte es gekonnt ignorieren, doch sie hatte mich nicht mehr darauf angesprochen. Es konnte doch nicht so schwer sein, mit ihr noch einmal darüber zu reden.

An diesem Abend saßen wir wieder gemeinsam auf der Couch und sahen fern.

Jetzt oder nie dachte ich, also startete ich einen neuen Versuch.

Langsam fing ich an, das Thema aufzuwärmen, also begann ich, sie ganz neutral über ihre Kindheit zu fragen, mit der Ausrede ich würde das für eine Biographie-Arbeit in der Schule brauchen.

„Das habe ich dir doch schon so oft erzählt, mein Schatz. Eigentlich solltest du bereits alles wissen"

„Ich weiß, aber ich will nichts vergessen", gab ich ihr, um die Situation ein bisschen zu retten, zur Antwort.

Zum Glück funktionierte es, denn sie wendete sich zu mir und erzählte mir ein paar lustige Geschichten aus ihrer Jugend. Wir mussten einige Male lachen.

Ich vergaß weshalb ich eigentlich dasaß, doch plötzlich wurde sie nach der Frage „Und warst du als Kind auch immer so gerne am Spielplatz wie ich?" stumm.

Sie hörte wie aus dem Nichts zu lachen auf und

sagte ganz neutral „Ja, natürlich". Sie blickte suchend um sich, stand auf, nahm die Leine von Mira, band sie ihr um und verließ das Haus.

Was war denn jetzt los? Schon wieder stand sie einfach auf und ging. Was hatte das zu bedeuten? So kannte ich meine Mutter nicht, doch das Thema Waisenhaus musste ich wohl weiter aufschieben.

2

Die Aussicht aus meinem Fenster war nach ein paar Tagen noch immer völlig grau und verschneit. Auf den Dächern der Häuser, in unserem kleinen Dorf, lag überall Schnee. Die Kinder spielten im Garten, nutzten das kalte Wetter und den vielen Schnee, um Schneemänner zu bauen und Schlitten zu fahren. Miles und ich hatten als Kinder nichts anderes getan.

Wir kamen völlig erschöpft nach mehreren Stunden, die wir im Schnee gespielt hatten, nass und durchgefroren nach Hause, wickelten uns in eine dicke Decke und schauten einen Film. Dieses Ritual ging über die Jahre nie verloren, nur dass Miles und ich, statt im Schnee zu spielen, nur noch den Film schauten oder höchstens einmal spazieren gingen.

Als ich die Kinder von meinem Fenster aus toben und lachen sah, musste ich sofort an die Kinder im Waisenhaus denken. Ob sie wohl auch im Schnee spielen durften?

Ob die Kinder dort überhaupt jemals spielen durften? Dann wurde ich neugierig und wollte mir nach Ewigkeiten das Waisenhaus genauer anschauen. Nach der Schule nahm ich den Bus an die Stadtgrenze.

Viele Leute waren im Laufe der Fahrt nicht ein- oder ausgestiegen. Als die Haltestelle des alten Waisenhauses kam, saß ich plötzlich ganz alleine im Bus. Ich war jedoch nicht sonderlich verwundert. Welcher Mensch wollte sich auch diesen grausamen Ort jetzt noch freiwillig ansehen?

Eigentlich hatte ich die ganze Zeit über ein gutes Gefühl gehabt, doch als ich das heruntergekommene Haus in echt sah, veränderte sich dieses in ein mulmiges.

Das Haus wirkte auf mich noch erschreckender und grusliger als das letzte Mal, als ich vor fünf Monaten da war, um in der Nähe das Grab meiner Großeltern zu besuchen.

Kurze Zeit überlegte ich, ob ich nicht doch im Bus sitzen bleiben könnte und einfach wieder zurückfahren sollte. Doch dann entschloss ich mich doch dazu, aus dem Bus auszusteigen und das Waisenhaus von der Nähe zu betrachten.

Ich steckte meinen Kopf zwischen zwei Eisenstangen des Tores und schaute mich um. Mein erster Blick fiel in den Vorgarten des Hauses. Er war riesengroß.

Lauter Pflanzen, die von oben bis unten mit Schnee bedeckt waren, versteckten das alte Gebäude vor den Blicken der Bevölkerung.

„Wieso haben sie das getan?", hörte ich mich plötzlich laut und wütend schreien.

Ich blickte vor Scharm rasch um mich, weil ich hoffte, dass mich niemand gehört hatte. Als ich feststellte, dass sowieso keine Menschenseele in dieser Gegend war, schaute ich erleichternd auf das weiße Gemäuer zurück. Um die Fenster und die Tür war ein gelbes Band gewickelt. Alles war von der Polizei abgesperrt worden und sicher gemacht. Vergebens versuchte ich von weitem in die Fenster hineinzuschauen. Bilder schossen mir schon wieder durch den Kopf von verletzten, traurigen und völlig unglücklichen Kindern.

Ich empfand so viel Mitgefühl, als wäre mir selbst etwas passiert, als wäre ich selbst geschlagen worden. Ich versuchte mich immer wieder erneut in die Situation hineinzuversetzen, wie eine Kindheit voller Hass, Arbeit und Ablehnungen und vor allem ohne Liebe gewesen wäre. Ein paar Dinge wusste ich aus dem Internet - Dinge, die den Nonnen vorgeworfen wurden.

Aus der Zeitung wusste ich, dass sie jedoch

jeglichen Vorwurf bis zur letzten Sekunde abstritten. Jetzt sitzen sie wahrscheinlich im Gefängnis, nachdem sie vom Richter endlich als schuldig empfunden wurden. Für viele Leute war dies ein großer Schock. Jahrelang steckten alle Nonnen unter einer Decke und machten es wie ihre Vorfahren und dessen Vorfahren. Man will sich gar nicht ausmalen, wie lange dieses Verbrechen zurückreichen würde. Was war nur aus den vielen Kindern geworden? Wie erging es ihnen heute? Das waren Fragen, die ich mir stellte als ich vor den geschlossenen Toren des Grundstückes stand.

Als ein Auto an mir vorbeifuhr, waren meine Gedanken plötzlich weg, als wären sie mit dem Auto mitgefahren. Doch länger wollte ich sowieso nicht bleiben. Also beschloss ich noch kurz das naheliegende Grab meiner Großeltern zu besuchen und anschließend den nächsten Bus Richtung nach Hause zu nehmen.

Als ich vor dem Grab stand, begann es plötzlich wie wild zu schneien. Der Wind wurde immer stärker, also versuchte ich währenddessen in der kleinen Kapelle, die am Friedhof stand Unterschlupf zu suchen.

Als es jedoch nicht aufhörte, versuchte ich gegen den starken Wind bis zur Bushaltestelle anzukämpfen.

Als der Bus endlich da war, stieg ich völlig verschneit und mit klatschnassen Haaren ein.

Ich begrüßte den Busfahrer, setzte mich ganz nach vorne an einen Fensterplatz und hörte wieder die ganze Fahrt Musik.

Als der Bus die Stadt erreichte hörte der Schneesturm langsam wieder auf. Ich beobachtete die Menschen, die ich draußen auf der Straße sah. Die meisten waren mit ihren Kindern oder ihren Hunden unterwegs, um den Schnee auszunutzen. Andere wollten dem Schnee wiederrum entfliehen und rutschten vor lauter Eile fast an den gefrorenen Stellen am Gehweg aus.

Noch nie beobachtete und analysierte ich die fremden Menschen so genau wie an diesem Nachmittag. Ich hatte das Gefühl, seit Miles mir von den Kindern und dem ganzen Vorfall im Waisenhaus erzählte, dachte ich viel mehr über alles nach. Ich konnte an nichts anderes mehr denken als an das Waisenhaus. Auch wenn erst eine Woche vergangen war, bemerkte ich, dass ich viel dankbarer und bescheidener dadurch geworden war.

Nach einer gefühlten Ewigkeit stieg ich aus dem Bus aus.

Zu Hause angekommen machte ich mir wie immer

einen Tee und legte mich auf die Couch, um etwas zu fernsehen. Doch wirklich konnte ich mich auf die Sendung nicht konzentrieren, da ich die ganze Zeit darüber nachdachte, wie ich meiner Mutter auf anderem Wege zeigen konnte, was ich eigentlich wollte.

Dann stand ich auf, ging in unser kleines Gästezimmer, das früher einmal das Arbeitszimmer meines Vaters war und begann das Zimmer einzurichten.

Ich bezog das Bett mit einer meinen bunten Bettwäschen, stellte Pflanzen aus meinem Zimmer hinein, schleppte den kleinen Teppich aus dem Keller hinauf, legte ihn in die Mitte des Zimmers und stellte ein paar Stifte auf den Schreibtisch. Ganz zufrieden war ich noch nicht, doch ich musste aufhören als ich den Haustürschlüssel meiner Mutter hörte.

Ich wollte noch nicht, dass sie es im halbfertigen Zustand sah, also verschloss ich leise die Tür, rannte in mein Zimmer, setzte mich an den Schreibtisch und tat so, als würde ich gerade Hausaufgaben machen. Als meine Mutter meine Zimmertür öffnete, begrüßte sie mich mit einem breiten Lächeln auf dem Gesicht, also nahm ich an, dass ihr Kummer vom Vortag wieder weg war.

Trotzdem wussten wir beide nicht wirklich über was wir reden sollten, also sagte meine Mutter nur, dass sie uns etwas kochen würde und verließ mein Zimmer.

Währenddessen beschloss ich mich jetzt tatsächlich auf meine Hausaufgaben zu konzentrieren.

Später, als ich mit meiner Mama gemeinsam am Tisch saß und aß, überlegte ich die ganze Zeit, ob ich ihr doch schon von meiner Aktion im Gästezimmer erzählen sollte. Schließlich wollte ich sowieso, dass sie es irgendwann sah. Doch ich entschloss mich stattdessen noch einmal dazu, über das Waisenhaus zu reden. Auch wenn ich wusste, dass meine Mutter nicht gut darauf zu sprechen war, wollte ich nicht aufgeben.

Ich fing also ganz vorsichtig an, das Thema Missbrauch und Gewalt gegenüber Kindern anzusprechen. Zuerst schaute mich meine Mutter fast schon böse an, fing dann aber zu meinem Erstaunen mit mir darüber zu reden an. Zwischen den Sätzen schnaufte sie ein paar Mal durch. Die Angst, die ich zuvor in ihren Augen und an ihrer Körperhaltung sehen konnte, war wie weggeflogen. Auch wenn ich nicht wusste wieso, spürte ich, dass sie es wirklich viel Überwindung kostete, darüber zu reden

Es war mir wichtig. Nicht nur weil ich insgeheim diesen Wunsch hatte, einem dieser Kinder zu helfen, auch weil ich es als wichtig empfand mit meiner Mutter über ihre Ansichten zu sprechen.

Ich hatte das Gefühl, dass sie dieses bedrückende Gefühl seither mit sich rumschleppte und ich dies einfach aus der Welt schaffen wollte. Ich hatte auch das Gefühl, dass sich meine Mutter genauso wie ich die letzten Wochen intensiver damit beschäftigt hatte und sie mit dem ganzen Thema nicht ganz umgehen konnte.

Sie erzählte mir einige Geschichten, die ihr damals Oma erzählt hatte. Meine Oma war nämlich damals Sozialarbeiterin in einer anderen Stadt und hörte nur schwichtig über die Gerüchte.

Als sie dann meine Mutter bekam zog sie nach Blüml, in unser jetziges Dorf. Mama erzählte mir auch, dass Oma mehrmals versuchte das Waisenhaus auffliegen zu lassen, doch wie so viele vor ihr scheiterte sie ebenfalls. Sie hatte nichts in der Hand, nur ein paar verwirrte Kinder, wie man sie damals nannte.

Durch den Krieg damals hatten viele Kinder ihre Eltern verloren, deshalb war die Stadt auch angewiesen auf das Waisenhaus, um die „dreckigen Kinder", so wie die kultiviertere Gesellschaft sie damals nannte, von den Straßen zu entfernen.

Niemand wollte sich um so ein Kind kümmern, also taten es die Nonnen und gründeten das Waisenhaus unten an der Emse.

Mich erstaunte es, wie viel meine Mutter eigentlich darüber wusste. Mir hatte sie jedoch noch nie darüber erzählt.

Stundenlang lauschte ich Geschichten von angeblich verwirrten Kindern, die schon damals stark traumatisiert waren, nachdem sie in eine neue Familie kamen. Genaueres erzählte sie mir über ein kleines Mädchen, das meine Oma damals aus dem Jugendamt retten konnte.

„Und was ist heute aus dem Mädchen geworden?", unterbrach ich sie neugierig.

„Das weiß ich leider nicht, Philina."

Auch wenn ich mich mit dieser Antwort zufriedengab, verstand ich eine Sache noch immer nicht. Wieso konnte man die Tage zuvor nicht ein einziges Wort über das Waisenhaus mit meiner Mutter wechseln und heute war sie vor lauter Geschichten nicht mehr zu bremsen? Ich wollte definitiv herausfinden was hinter ihren Anfällen in den vorherigen Tagen steckte. Doch zuerst wollte ich etwas anderes.

Als es dann ganz still im Raum war und von keiner Seite mehr das Bedürfnis bestand, etwas sagen zu wollen, entschloss ich mich doch noch dazu meiner Mutter das nicht ganz fertige Gästezimmer zu zeigen.

Da ich nicht wusste, wie meine Mutter reagieren würde, hatte ich ziemlich Angst davor, dass sie nicht begeistert von meiner Aktion wäre.

Doch ich wollte es durchziehen, egal was sie davon denken könnte. Der Raum war sowieso schon neu dekoriert. Es wieder zu ändern wäre völlig sinnlos gewesen. Voller Mut schnappte ich mir also in der nächsten Sekunde die Hand meiner Mutter und sagte:

„Komm bitte einmal mit, ich möchte dir etwas zeigen!" Ahnungslos ließ sie sich hinter mir her schleifen. Wir gingen die Treppe nach oben und blieben vor dem Gästezimmer stehen. Wahrscheinlich konnte sie sich es bereits denken, was sie hinter der Tür erwartete, sagte jedoch nichts mehr, bevor sie die Tür öffnete und sich mit einem leicht verwirrten Blick im Zimmer umsah.

Bevor sie noch etwas dazu sagen konnte versuchte ich sofort alles zu erklären. Ich wollte, dass sie wusste aus welchem Grund ich das gemacht hatte und was ich damit bezwecken wollte. Sie konnte sich schon denken was los war und wieso ich die letzten Tage so oft über das Waisenhaus mit ihr gesprochen hatte.

Anfangs dachte ich, dass sie wieder abneigend reagieren und meine Aktion gar nicht gut finden würde, doch zu meinem Überraschen fiel ihre Reaktion ganz anders aus, als ich dachte.

Ich hatte das Gefühl, sie verstand worauf ich hinauswollte.

Sie ging langsam und mit kleinen Schritten immer weiter in das kleine Gästezimmer hinein und schaute sich jedes noch so kleinste Detail an.

Früher standen nur ein Bett und ein Schreibtisch in diesem Raum, alles war ganz weiß und kahl. Wenn man jetzt den Raum betrat kamen einen sofort die vielen Pflanzen und die bunte Bettwäsche entgegen.

Auch den alten Teppich, den ich schon in meinem Kinderzimmer liegen hatte, merkte man nicht an, dass er über Jahre im Keller lag.

Ich stand aufgeregt in der Türschwelle und versuchte die ganze Zeit ihre Gedanken zu lesen.

Als sie sich dann endlich zu mir drehte und mich

anschaute, brachte sie kein Wort heraus. Ich wusste nicht ob ihre Sprachlosigkeit etwas Gutes oder Schlechtes zu bedeuten hatte. Auf jeden Fall konnte ich nicht mehr länger warten und fragte mit leiser Stimme: „Und? Was sagst du?"

„Ach Philina", antwortete meine Mutter. „Wieso hast du das Zimmer eingerichtet? Willst du etwa eines dieser Kinder zu uns holen?"

„Ja, Mama. Ich möchte das unbedingt. Ich weiß, dass es nicht einfach ist, aber ist es nicht eine Überlegung wert?", antwortete ich.

„Wie kommst du auf die Idee? Wie soll ich das denn schaffen? Mein Gehalt kann gerade mal uns und Mira erhalten."

Über das hatte ich ehrlich gesagt noch nie nachgedacht. Mit traurigem Blick schaute ich zu Boden.

„Ich weiß, Philina. Diese Kinder brauchen dringend ein neues Zuhause. Aber ich glaube einfach nicht, dass wir erstens, die Anforderungen für so eine neue Familie erfüllen würden und zweitens wir nicht die Mittel dazu haben, dem Kind zu helfen."

Auch wenn meine Mutter recht haben könnte, hatte ich doch noch etwas dagegen einzuwenden. Ich wollte mich nicht damit zufriedengeben und Ausreden suchen.

„Wir haben vielleicht kein perfektes Familienbild und wir sind auch nicht reich oder haben die Ausbildung zum Erzieher oder Psychologen. Doch wir lieben unser Leben und wir könnten unser Leben mit einem dieser Kinder teilen, die es mehr verdient haben, als alles andere auf dieser Welt.“

Dann war meine Mutter still. Ihre Augen wurden glasig und plötzlich fing sie an zu weinen. Ich nahm sie in den Arm. Sie flüsterte mir ins Ohr: „Ich bin so stolz auf dich. Dein Mitgefühl sollten mehr Menschen da draußen besitzen.“

...

Als es dann bereits spät am Abend war, kamen wir nach einem langen Gespräch zu dem Entschluss, dass meine Mutter über eine Adoption nachdenken würde.

Ich hatte es tatsächlich geschafft, meine Mutter zu überzeugen. Naja, vielleicht nicht ganz, aber immerhin kannte sie jetzt meinen Wunsch, auch wenn es mühsam war und lange gedauert hatte.

Es war zwar noch nicht alles entschieden, doch es

war ein großer Schritt in die richtige Richtung. Glücklich und mit einem großen Funken Hoffnung in mir, ging ich in mein Zimmer, um schlafen zu gehen.

3

Am nächsten Tag war Samstag, also konnte ich länger schlafen.

Ich wachte erst gegen Mittag auf. Da ich mich die Tage zuvor so auf das Waisenhaus konzentrierte, war ich völlig erschöpft und ausgepowert von der intensiven Nacht mit meiner Mutter. Aber immerhin hatte es sich ein wenig gelohnt und ich habe viele spannende Geschichten darüber gehört.

Nachdem ich aufwachte, verbrachte ich noch eine Weile in meinem Bett, um Nachrichten auf meinem Handy zu checken.

Danach stand ich auf und ging zu meinem Fenster, um den Vorhang zu öffnen. Die Sonne schien direkt in mein Zimmer. Ich öffnete mein Fenster. Die kalte Winterluft machte sich sofort in meinem noch verschlafenen Gesicht bemerkbar. Ich rieb mir die Augen und atmete für kurze Zeit konzentriert die eisige Luft ein. Lange hielt ich es jedoch nicht vor dem Fenster aus, denn obwohl die Sonne schien, waren die Minusgrade deutlich zu spüren.

Ich schloss also wieder das Fenster und ging

langsam nach unten in die Küche. Da es schon kurz nach 12 Uhr war, beschloss ich das Frühstück auszulassen und auf das gekochte Mittagessen meiner Mutter zu warten. Währenddessen machte ich mir einen Kaffee und setzte mich zu ihr aufs Sofa.

Da meine Mutter und ich keine Morgenmenschen waren, sagten wir nur „Guten Morgen" und ließen uns einfach vom Fernseher berieseln. Es war ein wirklich lustiger Anblick wie wir beide noch mit zugeklebten Augen völlig verschlafen, eingewickelt in eine Decke und einer heißen Tasse Kaffee in der Hand auf der Couch saßen.

Doch meine Mutter und ich machten das gerne. Vor allem an Wochenenden, an denen wir nichts zu erledigen oder keine Termine hatten. Anscheinend war sie auch gerade erst aufgestanden. Vielleicht war sie die Nacht davor noch länger wach. Vielleicht hatte sie über die Kinder vom Waisenhaus und die mögliche Adoption nachgedacht.

Am liebsten hätte ich sie sofort fragen wollen, ob sie sich schon entschieden hatte. Doch da ich sie mit dem ganzen Thema so überfallen hatte, ließ ich einfach den Mann im Fernseher weiterreden.

Ich hatte das Gefühl, es würde in diesem Moment zu nichts führen, wenn wir schon wieder über das gleiche Thema redeten.

Ich wusste, sie dachte darüber nach und das war mir fürs Erste auch ausreichend. Denn auch wenn erst zwei Wochen vergangen waren, seitdem Miles mir davon erzählt hatte, verging kein einziger Tag, an dem ich nicht an die armen Kinder denken musste und welche Möglichkeiten bestanden, diesen zu helfen. Ich wollte also an diesem Tag oder auch die Tage die kamen versuchen, das Thema für kurze Zeit aus meinen Gedanken zu kicken und mich auf die Schule konzentrieren.

Auf den letzten Test, den wir hatten, habe ich nämlich nicht besonders gut abgeschnitten, weil ich die ganze Zeit damit beschäftigt war, entweder das Zimmer zu dekorieren oder mir Informationen zu verschaffen, wie der aktuelle Standpunkt des Jugendamts und der Kinder sei.

Für diesen Tag nahm ich mir also vor, nicht daran zu denken. Jetzt lag die Entscheidung alleine bei meiner Mutter. Schließlich musste sie es auch wollen. Aus welchem Grund auch immer, alleine der Gedanke, ein kleines Geschwisterchen zu bekommen, machte mich von

Tag zu Tag glücklicher.

Im nächsten Moment musste ich plötzlich an Miles denken.

Er gehörte für mich auch ein klein wenig zu meiner Familie. Jetzt kam vielleicht ein Familienmitglied dazu und Miles hatte davon noch keine Ahnung.

In seiner Gegenwart hatte ich noch nie ein Wort darüber verloren. Nicht weil ich es nicht für wichtig hielt ihm davon zu erzählen, sondern weil Miles eine ziemlich eifersüchtige und realistische Person war, die neue Situationen oder Veränderung in seinem Leben hasste. Er konnte noch nie gut mit neuen, spontanen Situationen oder Momenten umgehen, war völlig überfordert und schüchtern. Auch mit fremden Menschen ist er immer komplett überfordert und schafft es nie das Eis zu brechen.

Ich dagegen war das komplette Gegenteil von ihm. Ich liebte es neue Menschen kennenzulernen, deren Geschichte zu erfahren oder wie sie lebten, in welche Schule sie gingen oder was ihre Hobbys waren. Ich interessierte mich schon immer für andere Menschen und deren Wohl. Auch liebte ich Veränderungen, sowohl körperlich als auch psychisch.

Wahrscheinlich wollte ich genau aus diesen Gründen ein neues „Mitglied" in unsere Familie aufnehmen. Ich überlegte nur, wie ich Miles am besten von meiner Idee erzählen konnte.

Nach einiger Zeit stand meine Mutter vom Sofa auf und ging in die Küche. Weil ich aber so in meine Gedanken vertieft war, bemerkte ich es zuerst gar nicht. Erst als sie mich fragte, was ich denn zum Mittagessen möchte, reagierte ich.

Als ich bemerkte, dass meine Kaffeetasse auch bereits leer war, entschloss ich mich ebenfalls aufzustehen und in die Küche zu gehen. Ich half ihr beim Kochen. Wir wollten einen Nudelauflauf machen. Da uns aber der Käse fehlte, der geschmolzen über die Nudeln kommen sollte, nahm ich Mira an die Leine und ging in das kleine Lebensmittelgeschäft in unserem Dorf.

Als wir wieder Zuhause waren, begannen wir zu kochen. Um drei Uhr nachmittags bekamen wir dann endlich etwas zu essen. Danach ging ich in mein Zimmer, griff nach meinem Handy und legte mich wieder in mein warmes, kuschliges Bett. Mira legte sich zu mir aufs Bett. Ich streichelte sie kurz und schaute dann wieder auf mein Handy.

Da mein Tag bis jetzt nicht sonderlich produktiv war, entschloss ich mich dazu mich mit Miles zu verabreden. Also rief ich ihn an und fragte ihn, ob er nicht Lust hätte zu mir zu kommen. Ich wusste nicht wie Miles reagieren würde. Ein wenig Angst hatte ich schon. Ich hoffte, er würde mich nicht für verrückt und größenwahnsinnig halten.

Als es dann eine Stunde später an der Haustüre klingelte, konnte es nur Miles sein. Wie immer sprang Mira auf, rannte zur Haustüre und schleckte Miles ab. Sie liebte ihn. Schon als wir Mira zu uns nahmen, war sie ein großer Miles-Fan gewesen. Erst als Mira fertig mit ihrer Begrüßung war, umarmten wir uns.

Wir setzten uns mit einer Schachtel voller Weihnachtskekse in mein Zimmer und redeten über dies und das. Nachdem wir kein Gesprächsthema mehr hatten, ergriff ich die Initiative.

„Du hast mir ja vor zwei Wochen von dem alten Waisenhaus am Rande der Stadt erzählt - kannst du dich noch daran erinnern?", fing ich mit leiser Stimme an zu fragen. Meine Stimme hörte sich unsicher und etwas rau an.

„Ja klar, mit den misshandelten Kindern", erwiderte

Miles darauf und schaute mich verwirrt an. Mir schien es so, als würde er bereits genau darüber Bescheid wissen, was ich ihm jetzt sagen wollte, also fuhr ich fort.

„Du hast mir ja auch davon erzählt, dass das Jugendamt jetzt Familien sucht, wo die Kinder unterkommen können bzw. die Kinder adoptieren wollen."

„Sag nicht ihr wollt eines dieser Kinder zu euch nehmen?"
Seine Augen wurden dabei immer größer. Mit offenem Mund und fragendem Blick schaute er mir tief in die Augen.

Ich wusste nicht ganz, ob ich seine Frage positiv oder negativ auffassen sollte, also schaute ich zu Boden und spielte mich nervös mit dem Ärmel meines Pullovers.

Nach kurzer Überlegung, antwortete ich leise:
„Doch.
Wir überlegen".
Als ich den Blick wieder in Miles Gesicht wagte, begannen sich seine Mundwinkel nach oben zu bewegen. Er lächelte mich kurz an und erzählte mir dann, wie begeistert er nicht davon sei und wie toll er es finden würde, wenn wir uns um eines dieser Kinder kümmern

würden.

Zuerst dachte ich, ich hätte mich verhört, doch wie es schien war Miles genau so begeistert von der Vorstellung wie ich, also erzählte ich ihm mehr darüber. Ich fing an mit den vielen Recherchen, erzählte ihm dann von den Diskussionen mit meiner Mutter und zeigte ihm schlussendlich sogar das neue Gästezimmer, das vielleicht bald von einem kleinen Kind bewohnt werde.

Jetzt musste ich nur noch auf die Entscheidung meiner Mutter warten und das Projekt Adoption „Rettet das Kind", wie ich es nannte, konnte starten. Es lag im Moment also alles in ihren Händen.

~ 4 ~

Sie setzte sich auf die Couch. In der rechten Hand hielt sie einen Zettel, in der anderen einen hellblauen Briefumschlag, der wie es aussah, nicht wirklich vorsichtig aufgemacht wurde. Ich konnte nicht genau erkennen, was auf dem Zettel oben stand, aber ich sah, dass die Hand, mit der sie ihn festhielt, leicht zitterte. Ihre Augen waren wie hypnotisiert darauf gerichtet, sie schwenkten von links nach rechts und wieder von rechts nach links.

Ich vermutete, dass es irgendein wichtiger Brief sein musste, da sie relativ lange davorsaß.

Als sie fertig war, schaute sie aus dem Fenster.

Da ich sie jetzt nicht stören wollte, versteckte ich mich so gut es ging hinter dem Pfosten des Holzgeländers und versuchte sie zu beobachten.

Mit starrem Blick schaute sie aus dem Fenster. Was hatte sie nur gelesen, dass sie in so eine Schockstarre versetzte?

Ich wurde immer neugieriger auf den Inhalt dieses Briefes, sodass ich beschloss nach unten zu gehen. Doch als sie bemerkte, dass ich die Treppen hinunterkam, versuchte sie so schnell wie möglich den Brief unter ihrem T-Shirt zu verstecken und setzte sich auf den Briefumschlag. In der Hoffnung, dass ich den Brief nicht gesehen hätte, schaute sie mich schmunzelnd an.

„Guten Morgen mein Schatz! Gut geschlafen?".

Ich sprach sie nicht darauf an, denn so wie es aussah wollte sie, aus welchem Grund auch immer, mir den Brief nicht zeigen und ihn vor mir verbergen. Ich entgegnete ihr also mit einem „Guten Morgen" und tat so, als würde ich nichts von dem Brief wissen.

Als ich mich neben sie auf die Couch setzte, stand sie sofort auf und ging so schnell sie konnte in Richtung Schlafzimmer.

…

Mittlerweile waren eine Woche und drei Tage vergangen und der Tag, an dem die letzte Möglichkeit war, sich für eine Adoption zu melden, rückte immer näher.

Ich versuchte den ganzen Tag einen passenden Moment zu finden, um in Ruhe mit meiner Mutter darüber zu reden. Doch sie fand nie wirklich Zeit dafür. Ich musste ihr klar machen, dass uns nicht mehr viel Zeit bleibe und wir unbedingt in den nächsten Tagen eine Entscheidung bräuchten. Also rannte ich meiner Mutter durchs ganze Haus nach. Ich wich ihr nicht von der Seite und versuchte das Thema wieder präsenter werden zu lassen. Immerhin hatten wir schon eine ganze Weile nicht mehr darüber geredet und ich wusste nicht wie die aktuelle Lage ist. Vielleicht hatte sie es ja schon längst abgeschrieben und ich machte mir umsonst Hoffnung.

Doch statt auf das Gespräch mit mir einzugehen, versuchte sie mir auszuweichen.

Das Verhalten meiner Mutter seit sie den Brief bekommen hatte, war eigenartiger als die Katze meines Nachbarn, die nachts immer gegen deren Haustür sprang. Als würde sie schlafwandeln und den Aufprall nicht spüren. Die Katze war mir noch nie wirklich geheuer, vielleicht lag es auch an meinem Nachbarn. Seit seine Frau verstorben war, mochte ich ihn genau so wenig.

Nach gefühlten Ewigkeiten kam meine Mutter dann doch zu mir ins Zimmer und war bereit mit mir darüber zu sprechen. Vielleicht wollte sie es auch nur hinauszögern, weil sie mir die schlechte Nachricht nicht überbringen und mein enttäuschtes Gesicht nicht sehen wollte. Ich ging also vom Allerschlimmsten aus, sodass es mich nicht zu hart treffen konnte.

Wie ein kleines Kind, das zum ersten Mal das Meer sah, saß ich da und hoffte mit meinen Blicken ihre Entscheidung noch umzureißen. Ich konnte weder an ihrem Gesichtsausdruck, noch an ihren Gesten erkennen, wie sie sich entschieden hatte.

Sie setzte sich neben mich ans Bett und wandte ihren Blick Richtung Boden.

„Mach es bitte nicht so spannend!", fing ich mit leicht nervöser Stimme das Gespräch an. Sie blickte auf, drehte den Kopf zu mir und schaute mich mit einem fesselnden Blick an.

„Ach, Philina!", waren ihre Worte. Als wäre ihr Schweigen nicht schon qualvoll genug, machte sie nach diesen zwei Worten schon wieder eine Pause.

Diesmal sagte ich aber nichts. Ich saß stillschweigend da und wartet bis sie endlich zu reden begann.

„Ich habe wirklich viel darüber nachgedacht was eine Adoption alles ausmachen würde. Welche Aspekte es mit sich bringen würde und ob ich das schaffen würde. Immerhin bist du noch ein Kind."

Ich schaute sie noch immer hoffnungsvoll an.

„Wir werden uns erst einmal genauer darüber informieren bevor ich meine endgültige Entscheidung treffen werde. Morgen ist der Termin im Jugendamt. Ich hoffe das ist in Ordnung für dich?"

Auch wenn ich mit einer endgültigen Entscheidung rechnete, waren meine Hoffnungen doch nicht umsonst.

„Machst du Witze!? Natürlich ist das in Ordnung!", lachte ich vor mich hin und umarmte sie ganz fest.

Ich war gespannt, was sie uns alles erzählen würden. Meiner Mutter sah man die Nervosität auf jeden Fall an.

…

Als wir am nächsten Tag vor dem Jugendamt standen, zögerte meine Mutter kurz.

Sie blieb vor den hohen braunen Türen stehen, die sicher schon einige Jahre ihren Zweck erfüllten und blickte auf die vergoldeten Türklinken. Als sie mich anschaute, lächelte ich ihr zu und versuchte ihr ein gutes Gefühl zu geben.

Wir gingen auf den aus Stein gebauten Treppen bis in den zweiten Stock hinauf.

Oben angekommen schauten sich meine Mutter und ich kurz auf dem langen Gang um, bevor wir dem grünen Pfeil mit der Aufschrift „Zum Informationsabend" folgten.

Fast am Ende des Ganges war auf einer hohen Holztür wieder ein Schild mit der gleichen Aufschrift. Wir machten sie auf und standen in einem hell beleuchteten Raum, der mich ein wenig an das Wartezimmer meines Zahnarztes erinnerte.

Junge Pärchen und Familien saßen bereits in dem Raum. Ich hatte das Gefühl, dass uns alle anstarrten und von oben bis unten abscannten.

Meine Mum und ich hängten unsere Mäntel auf und meldeten uns an. Dann setzten wir uns auf zwei leere Plätze neben dem Fenster. Gegenüber saß ein junges Pärchen, dass Händchen hielt und sich immer wieder verliebt anschaute. Ich war überrascht, dass so viele Leute da waren. Natürlich fand ich es gut. Damit hatte ich nicht gerechnet.

Als die junge Frau bemerkte, dass ich sie anstarrte und ihren Kopf in meine Richtung drehte, schaute ich schnell aus dem Fenster. Auf dem Boden draußen begann der Schnee zu schmelzen. Die Sonne schien so stark, dass man die Kälte gar nicht so stark spürte.

Ich konnte nicht lange den matschigen Schnee beobachten, da schon nach kurzer Zeit ein ziemlich großer und schlanker Mann in den Raum kam.

Er hatte eine Brille auf und seine Haare modern nach oben gestellt. Wegen seines lässigen Ganges und seiner glatten Haut schätzte ich ihn auf Mitte dreißig.

Er stellte sich mitten in den Raum und schaute sich kurz um. Dann begann er mit einer unerwartet tiefen Stimme zu sprechen:

„Danke, dass Sie alle gekommen sind. Mein Name ist Dr. Koller und ich werde mit Ihnen heute den Informationsabend über die Kinder des alten Waisenhauses durchführen. Bitte folgen Sie mir."

Dann drehte er sich um und ging wieder auf den Gang hinaus.

Die Leute begannen sich langsam von ihren Stühlen zu erheben und folgten dem jungen Herrn.

Meine Mutter und ich warteten noch eine Weile bis wir anschließend den Familien und Pärchen folgten.

Wir gingen den langen Gang entlang und versammelten

uns alle in einem Raum, wo bereits einige Stühle in Reihen und eine Leinwand aufgebaut waren. Wir setzten uns so wie eine andere Familie in die dritte von fünf Reihen. Neben mir saß nun ein Junge, der schätzungsweise nicht viel älter war als ich. Er war mit seinen beiden Eltern und seinem kleinen Bruder da. Ich schenkte ihm jedoch nicht viel Aufmerksamkeit, sondern achtete mehr auf die Präsentation, die das Team vom Jugendamt vorne auf der Leinwand zeigte.

Um meiner Mutter neue Kraft zu schenken lächelte ich sie kurz an, nahm ihre Hand und konzentrierte mich dann wieder auf den Typ mit der Brille.

Er begann über den Vorfall im Waisenhaus zu reden, sprach über Therapien, finanzielle Unterstützung und schlussendlich erzählte er uns noch über die einzelnen Fälle der Kinder.

Ich erkannte in meinem Augenwinkel wie schockiert der Junge neben mir reagierte und konnte es eins zu eins nachvollziehen. Da ich sein Mitgefühl so sympathisch fand, musste ich ein klein wenig grinsen.

Nachdem Dr. Koller mit seinem Vortrag fertig war, stellten einige Leute Fragen. Auch meine Mutter zeigte auf.

„Und wie sieht das genau mit den Therapien aus?",
stellte meine Mutter die Frage als sie an die Reihe kam.
Der Mann schaute sie verständnisvoll an, nahm seine
Zetteln in die Hand und erklärte uns, welche Therapien
die meisten Kinder benötigen würden und wie man sie
am besten unterstützen könne. Es überraschte mich,
dass sich meine Mutter so interessiert zeigte und sich
sogar Notizen machte.

Nach ungefähr einer Stunde war der Vortrag zu
Ende. Manche suchten noch das Gespräch zu den Leuten vom Jugendamt, andere verließen sofort den Raum.

Wir gehörten zu den Leuten, die gleich danach das
Weite suchten. Als wir die Treppe runtergingen musste
meine Mutter noch auf die Toilette, also setzte ich mich
auf die Stühle am Gang. Plötzlich sah ich, wie ein
Schatten neben mir auftauchte und schließlich jemand
dicht vor mir stand.

Ich wagte einen Blick nach oben und sah den Jungen, der vorhin während des Vortrages neben mir saß.
Er stand zuerst nur da und lächelte mich an. Mir war
gar nicht aufgefallen, dass er so gut aussah. Er hatte
tiefe braune Augen und dunkelbraunes Haar.

„Hallo, ich bin Collin", sprach er plötzlich mit einer

sehr tiefen und leisen Stimme. „Du heißt Philina, habe ich Recht? Wir gehen auf dieselbe Schule.
Ich bin eine Klasse über dir."

Mit seinen weißen Zähnen schien er so perfekt zu sein, dass ich dahinschmolz. Er war mir zuvor noch nie in der Schule aufgefallen, das lag aber vielleicht auch daran, dass ich außer Miles und meinen Freundinnen, mit niemanden aus der Schule zu tun hatte.

In diesem Moment kümmerte mich aber nicht, wieso er meinen Namen kannte und auch nicht wieso er im Jugendamt bei dem Vortrag war, mich beschäftigte nur, dass er mich angesprochen hatte. Ich konnte gar nicht mehr aufhören in seine wunderschönen Augen zu schauen. Sie fesselten mich und waren so tief, als könnten sie direkt in mich hineinsehen.

„Wollen wir uns vielleicht einmal treffen?", fragte er mich plötzlich. Meine Hände begannen auf einmal zu schwitzen, weil ich nicht wusste was ich antworten sollte. Ich war irgendwie komplett überfordert, denn ich hatte mich zuvor noch nie mit einem Jungen getroffen.

„Und? Was sagst du?", fragte er nach kurzer Zeit noch einmal und grinste mich an. Nervös und total aufgeregt kam mir blitzschnell ein lautes „Ja" über die

Lippen. Ich griff mir mit meinen Händen schnell vor den Mund, weil ich es so peinlich fand.

„Cool!", sagte er und tauschten Nummern aus. Danach sagte er noch „Bis bald!", grinste mich nochmal an und ging weg.

Ich schaute ihm noch nach bis er um die Ecke verschwand. Gleich drauf kam auch schon meine Mutter zurück. Wir verließen das Jugendamt und fuhren mit dem Auto nach Hause. Von dem Jungen wollte ich ihr aber nichts erzählen. Wer weiß, ob er sich tatsächlich melden würde, also redeten wir die ganze Heimfahrt über den Vortrag. Beziehungsweise redete meine Mutter darüber, ich konnte ihr jedoch nicht wirklich zuhören, da ich nur an Collin denken musste.

Dann vibrierte mein Handy. Eine Nachricht von Collin.

Meine Hände begannen schon wieder zu schwitzen und meine Daumen fingen zu zitterten an, als ich ihm zurückschreiben wollte.

Ich hätte nie damit gerechnet, dass der Junge neben mir im Vortragszimmer, meine Nummer haben wollte.

Als ich mich dann wieder gefasst hatte, schrieb ich ihm schnell zurück. Dann packte ich mein Handy jedoch zur Seite und schenkte meiner Mutter meine Aufmerksamkeit.

Bis wir zu Hause waren diskutierten wir über die einzelnen Teilgebiete, die Dr. Koller angesprochen hatte. Erst als wir mit dem Auto in die Einfahrt fuhren beendeten wir unser Gespräch über den Vortrag.

Den restlichen Abend verbrachte ich noch damit, mit Collin zu schreiben. Wir fragten uns alles Mögliche. Es kam mir so vor, als würden wir uns schon ewig kennen, als hätten wir irgendeine besondere Verbindung. Doch als ich mich bei meiner Traumvorstellung erwischte, holte mich die Realität wieder auf den Boden zurück. Ich durfte mir nicht jetzt schon so viele Hoffnungen machen. Außerdem hatte ich gerade Wichtigeres zu tun.

Als mein Handy wieder vibrierte hatte mir Collin ein Bild von sich geschickt. Ich konnte gar nicht mehr aufhören es anzustarren.
Er sah so perfekt aus. Ich schickte ihm auch eines von mir.

Ich konnte gar nicht mehr aufhören zu grinsen, so glücklich war ich alleine über ein Bild oder eine Nachricht von ihm. Ich musste Miles anrufen und ihm von allem erzählen. Vom Vortrag und von Collin.

Da ich an diesem Abend total vergaß, noch einmal über die Adoption und den Vortrag mit meiner Mutter zu sprechen, wollte ich dies gleich am nächsten Tag nachholen. Diesmal war es jedoch viel schwieriger für mich, die richtigen Worte zu finden, da es jetzt um alles oder nichts ging. Entweder konnte Dr. Koller meine Mutter total davon überzeugen oder für sie war das Ganze Schwachsinn und sie konnte sich es noch immer nicht vorstellen.

Wir setzten uns wieder einmal auf unser Sofa. Meine Mutter hatte ihre ganzen Notizen von gestern in der Hand. Ich hoffte der Vortrag half meiner Mutter in die richtige Richtung zu denken. Dann fing sie an zu sprechen.

„Gestern bei diesem Informationsabend haben wir viele Dinge erfahren, ja. Aber glaubst du nicht, dass es viel zu viel Aufwand wäre, mit dem Kind so oft zu Therapien gehen zu müssen?" „Du weißt doch gar nicht ob und wie viel das Kind traumatisch geschädigt ist!", unterbrach ich sie plötzlich mit vorwurfsvollem Ton.

Für einen kurzen Moment trafen sich unsere Blicke, meine Mutter schaute dann aber wieder in ihre Notizen und sprach die finanzielle Lage an. „Finanziell würden wir sehr gut unterstützt werden, denn eine Schulausbildung und andere Dinge, die das Kind braucht, könnte ich mir alleine nicht leisten."

„Siehst du, Mama. Um das musst du dir also gar keine Sorgen machen", unterbrach ich sie schon wieder. Diesmal jedoch mit verständnisvoller und weicher Stimme. Dann fuhr auch ich mit dem Gespräch fort.

Meine Mutter schaute mich nachdenklich an, lächelte mich auf einmal an und nickte. „Ich denke, dann müssen wir das Projekt wohl angehen!"

Ich sprang vom Sofa auf und stürzte meiner Mutter voller Dankbarkeit und Freude in die Arme. Ich schrie laut los und drehte mich hundertmal im Kreis bis ich schwindlig zu Boden fiel. Auch wenn das eigentlich gute Nachrichten waren und man sich darüber freuen sollte, wirkte meine Mutter eher überfordert und ausgelaugt. Sie grinste mich kurz an und ging dann weg.

Also rannte ich in mein Zimmer, schnappte mir mein Handy und wählte ganz verpeilt die Nummer von Miles. Als er ranging, schrie ich ihm erst einmal laut ins Ohr.

„Beruhig dich", sagte er die ganze Zeit. „Was ist

denn los?"

„Wir adoptieren ein Kind, Miles!", schrie ich in das Telefon.

Plötzlich hörte ich auch Miles schreien. In diesem Moment war ich überglücklich. Nichts konnte mir diesen Moment zerstören und das Allerbeste daran war, dass sich alle Menschen, die ich liebte, mit mir freuten. Ab diesem Zeitpunkt konnte ich es nicht mehr abwarten, das Jugendamt anzurufen und sich für eine Adoption für eines der Kinder zu melden.

Also legte ich auf, rannte wieder zu meiner Mutter hinunter und löcherte sie mit Fragen. „Wann werden wir anrufen? Oder werden wir hinfahren? Kannst du heute noch anrufen?" Die Fragen sprudelten nur so aus meinem Mund.

Meine Mutter hatte nichts davon verstanden, aber sie konnte sich denken, was ich fragte, also antwortete sie mir mit „Eigentlich, können wir gleich morgen anrufen. Heute werden sie nicht mehr da sein."

Mit einem zustimmenden Nicken fand ich mich damit ab. Obwohl ich es nicht mehr aushalten konnte zu wissen, wie das Kind aussah. War es vielleicht ein Mädchen oder ein Junge? Wie alt es wohl ist? Den ganzen Abend konnte ich an nichts anderes denken, bis mir Collin wieder schrieb.

Ich merkte, wie ich auf einmal etwas schüchterner wurde und sich ein breites Grinsen auf meinem Gesicht bemerkbar machte.

Wir schrieben stundenlang über das Thema Adoption, das alte Waisenhaus und die Schule, bis ich schließlich mit dem Handy in der Hand einschlief.

5

„Ich möchte bitte mit Dr. Koller sprechen, wenn das möglich ist", forderte meine Mutter ziemlich früh am Telefon. Die Dame auf der anderen Leitung hatte eine sehr unangenehme Stimme, die so laut war, dass ich sie sogar durch den Lautsprecher vom Handy hören konnte.

Ich saß direkt neben meiner Mum auf der Couch. Meine Nervosität war kaum zu übersehen. Ich hoffte, dass alles klappen würde.

Als Dr. Koller wenig später am Telefon war, stand sie plötzlich auf und ging in die Küche. Als sie merkte, dass ich ihr folgen wollte, gab sie mir jedoch ein Hand-zeichen, dass mir verdeutlichen sollte, dass ich genau das nicht tun sollte.

Wieso durfte ich nicht dabei sein? Sagt sie doch ab?

Obwohl ich ganz und gar nicht glücklich darüber war, versuchte ich trotzdem vom Wohnzimmer aus das Gespräch ein wenig mitzuhören. Wie es aussah sprach gerade Dr. Koller, ich musste also nur abwarten, ob die Mundwinkel meiner Mutter nach oben gingen und sie grinste oder ob sie nach unten gingen. Schließlich konnte es genauso gut sein, dass bereits alle Kinder zu einer Familie oder einem Pärchen gekommen waren, oder wir keines adoptieren durften, da meine Mutter alleinerziehend war.

Ich starrte sie mit einem ungutes Gefühl an, dass sich jedoch gleich in ein gutes entwickelt hatte. Meine Mutter lächelte tatsächlich ein klein wenig. Sie schaute mich an und nickte mir glücklich zu. Wie es aussah war alles glatt gelaufen.

Als sie auflegte veränderte sich der Gesichtsausdruck meiner Mutter jedoch wieder in einen besorgten, etwas ängstlichen Blick.

„Wir werden das schon schaffen. Vertrau mir." Ich lehnte mich an ihre Schulter und versuchte sie wieder aufzumuntern. Entweder fand sie die ganze Sache noch immer nicht ganz geheuer oder irgendetwas anderes bereitete ihr Sorgen.

Ich wollte herausfinden, was es war. Vielleicht hatte es noch mit diesem Brief zu tun, den sie vor ein paar Tagen erhalten hatte - den, den ich auf keinen Fall lesen durfte.

Vielleicht stand genau in diesen paar Zeilen der Grund, weshalb meine Mutter in den letzten Tagen so besorgt und nervös wirkte. Ich wollte diesen Brief unbedingt finden. Ich hielt es nicht aus, meine Mutter so zu sehen, ohne zu wissen was los war.

Doch zuvor fuhren wir ins Jugendamt. Weil wir beide so überaus nervös waren, sprachen wir die ganze Hinfahrt kein einziges Wort. Der Gedanke, dass wir heute das Kind kennenlernen sollten, dass wahrscheinlich dann zu uns kam, machte mir ein klein wenig Angst. Vielleicht hatte meine Mutter dann gar keine Zeit mehr für mich, weil das Kind die ganze Aufmerksamkeit brauchte, oder das Kind mochte uns nicht.

Plötzlich hatte ich nur noch lauter Zweifel und Ängste, obwohl ich mir den Gedanken selbst in den Kopf gesetzt hatte. Ich musste aufhören, immer an allem zu zweifeln und die Sache einfach auf mich zukommen lassen.

Meine Mutter lächelte mir zu als ich sie anschaute. Wie, als hätte sie meine Selbstgespräche genau hören können.

Der Weg zum Jugendamt erschien mir kurz. Als wir da waren stiegen wir aus dem Wagen.

„Jetzt geht's los!", sagte meine Mutter zu mir, schaute dabei das Gebäude an und atmete dabei tief ein und aus. Ich sagte nichts mehr bevor wir nebeneinander in das große gelbe Gebäude hineingingen. Ich musste kurz an Collin denken, als wir an den Stühlen vorbeigingen, an den er mich angesprochen hatte. Dann gingen wir die Treppen in den zweiten Stock hinauf. Meine Mutter meldete uns bei der Frau, die am Informationsschalter saß, an.

Danach setzten wir uns auf die weißen Stühle, die am Gang standen. Es war das erste Mal, dass ich warten hasste. Noch nie war ich so ungeduldig gewesen. Mir kam es wie eine Ewigkeit vor, bis Dr. Koller endlich aus einer Tür trat und uns freundlich begrüßte.

Mit jedem Schritt wurde ich immer aufgeregter, also klammerte ich mich wie ein kleines Kind an meine Mutter. Wir folgten Dr. Koller in sein Büro und setzten uns gegenüber auf zwei rote Stühle. Er hatte ziemlich viele Zetteln auf dem kleinen Tisch vor uns liegen

„Sie möchten also ein Kind des alten Waisenhauses adoptieren?" - „Ja natürlich, …weshalb glaubst du haben wir gestern angerufen und sitzen heute hier?", hörte ich meine innere Stimme sagen. Zum Glück hatte das niemand gehört, sonst wäre es sehr peinlich geworden.

„Ja!", antwortete meine Mutter darauf und rollte mit

den Augen.

„Ich habe mir Ihre Unterlagen, die Sie vor ein paar Tagen ausfüllen mussten, durchgelesen und wie es aussieht, steht dem neuen Familienglück nichts im Wege. Wir schicken nur noch jemanden vom Jugendamt zu Ihnen nach Hause, um auch sicherzustellen, dass es dem Kind bei Ihnen gut gehen wird.", sagte er zu uns.

„Also können wir heute noch kein Kind mitnehmen?", platze mir es raus.

Er begann ein klein wenig zu lachen: „Nein, das ist leider noch nicht möglich. Wir müssen zuvor noch einige Dinge klären. Außerdem gibt es ein paar Termine, wo sie das Mädchen treffen, um sich besser kennenzulernen, damit ihr euch nicht total fremd seid".

„Mädchen?", fragte ich neugierig nach. „Ich bekomme eine kleine Schwester?" „Ja, wenn alles gut geht, bekommen Sie eine kleine Schwester. Sie heißt Emma und ist acht Jahre alt. Mehr darf ich Ihnen leider noch nicht verraten", antwortete Dr. Koller.

Emma - der Name ging mir nicht mehr aus dem Kopf bis wir Zuhause waren.

Mir gefiel der Name Emma. Auch wenn wir sie heute noch nicht kennenlernen durften, freute ich mich riesig, eine kleine Schwester zu bekommen. Ich war mir sicher, dass die Frau vom Jugendamt zufrieden mit unserem Haus und dem Zimmer war, das einmal Emma gehören sollte.

Da ich nun wusste, dass ich eine kleine Schwester bekam, versuchte ich das Zimmer, das ich versucht hatte wie ein Kinderzimmer einzurichten, noch mädchenhafter zu dekorieren.

Da ich aber noch nicht wusste, was ihre Lieblingsfarbe war, versuchte ich es noch möglichst schlicht zu halten. Meine Vorfreude auf sie war so groß, dass ich alles perfekt haben wollte.

Den restlichen Abend verbrachten meine Mutter und ich also damit, das Zimmer zu dekorieren und das ganze Haus aufzuräumen und zu putzen, denn die Frau vom Jugendamt wollte schon am nächsten Tag kommen.

Sie wollten alles so schnell wie möglich handhaben, um die Kinder nicht zu lange an die Sozialpädagogen im Jugendamt zu binden.

Da meine Mutter sowieso ein ziemlich ordentlicher Mensch war, mussten wir nicht lange sauber machen.

Als wir circa nach zwei Stunden fertig waren,

widmete ich meine Zeit wieder Collin, schließlich war er der erste Junge, der überhaupt etwas an mir fand.

Da ich den ganzen Tag keine Zeit hatte mit ihm zu schreiben, schrieb ich ihm jetzt zurück. Ich erzählte ihm von dem heutigen Tag, von den ganzen Fragen und von der Aufregung, die ich verspürte. Und ich erzählte ihm, dass ich mit ziemlich großer Wahrscheinlichkeit eine kleine Schwester bekommen werde namens Emma.

Es schien so perfekt zu sein. Wie eine Liebesromanze, die im Buche stand. Beide trafen sich, weil sie denselben Wunsch hatten und verliebten sich unsterblich ineinander.

Meine Gedanken kreisten in diesem Moment nur um Emma und Collin.

Am nächsten Tag kam die Frau vom Jugendamt so gegen Nachmittag bei uns vorbei. Sie stellte sich als eine gewisse Frau Mag. Jones vor und betrat unser Haus. Wie als würde sie nach der Nadel im Heuhaufen suchen, stellte sie unser Haus förmlich auf den Kopf. Von oben bis unten, von Küche bis Toilette, sie ging in jeden Raum.

Als sie in dem vielleicht zukünftigen Zimmer von Emma war sagte sie: „Das haben Sie aber sehr schön eingerichtet!"

Hinter dem Rücken von Frau Jones gab ich meiner Mutter ein kleines Handzeichen mit dem Daumen nach oben und lächelte ihr zufrieden zu. Ansonsten gab sie zu keinem einzigen Raum einen Kommentar ab.

Am Ende ihrer Haus-Tour, setzten wir uns noch an den Küchentisch. „Kleine Sicherheitsmaßnahmen müssen Sie noch hier und dort anbringen, ansonsten ist Ihr Haus wirklich sehr schön, Frau Adams."

„Also dürfen wir Emma kennenlernen?", fragte ich neugierig. „Genaueres muss ich erst mit Dr. Koller besprechen, aber wie es momentan aussieht dürfen Sie das."

Das Kreischen verkniff ich mir neben Frau Jones, ich sprang jedoch auf und umarmte vor lauter Freude zuerst die Frau vom Jugendamt und danach meine Mutter. Die Reaktion der Frau war mir in diesem Moment egal und die Ängste von gestern im Auto waren wieder komplett verschwunden.

Wir verabschiedeten Frau Mag. Jones und begleiteten sie zur Tür hinaus. Gleich darauf rannte ich in mein Zimmer, um Miles von den vielen guten Neuigkeiten zu erzählen.

Schon als ich seine Nummer tippte, war ich völlig aufgeregt. „Hallo?", war das erste was ich auf der anderen Leitung zu hören bekam. Jetzt musste ich aber losschreien. „Ahhh!" schrie ich in den Lautsprecher des Handys. „Du glaubst nicht was ich für Neuigkeiten habe!", schrie ich gleich darauf.

Ganz ruhig und gelassen antworte Miles mir: „Nein Philina, aber du wirst es mir bestimmt gleich sagen" „Wir werden ein Kind adoptieren. Das Mädchen heißt Emma und wenn alles gut geht und Dr. Koller zustimmt, lernen wir sie morgen das erste Mal kennen."

„Das ist ja fantastisch! Hört sich super an! Ich freue mich für euch." Dann sagte ich kurze Zeit nichts. Ich lag nur auf meinem Bett, starrte auf die Decke meines Zimmers und grinste vor mich hin.

Die folgenden Minuten redeten wir noch ein bisschen über meine Nervosität und Miles versuchte mich so wie immer, wenn ich aufgeregt war, zu beruhigen.

Dann legten wir auf und ich rief Collin an. Auch ihm musste ich die tolle Neuigkeit erzählen.

Das erste Mal seitdem wir uns im Jugendamt getroffen hatten, hörte ich nun seine Stimme. Normalerweise hätte ich schon wieder Angst gehabt etwas Falsches zu sagen, aber ohne mir irgendwelche Gedanken oder Sorgen zu machen, erzählte ich einfach drauflos.

„Philina?" fragte er plötzlich. Seine Stimme klang viel leiser und vorsichtiger als zuvor. „Wollen wir uns vielleicht nächste Woche treffen?" Dann war ich still.

Damit hatte ich nicht gerechnet. Also ich habe es gehofft, aber sicherlich habe ich nicht damit gerechnet, dass er mich jetzt, in diesem Moment fragen würde.

Vorsichtig fragte ich: „Ein Date?" „Ja", antwortete er kurz und ängstlich. Es schien auf mich so, als hätte er Angst, ich könnte „Nein" sagen.

Um ihm diese jedoch zu nehmen, antwortete ich nach einer kleinen Pause: „Ja gerne."

„Oh mein Gott. Ich meine toll. Nein, cool. Vergiss es. Nein, vergiss es nicht. Ich freu mich."

Kurz musste ich lachen, weil ich seine schüchterne Antwort süß fand. Aber wenigstens wusste ich, dass er nicht so ein Macho war, sondern auch schüchtern und aufgeregt, so wie ich. Das nahm mir ein bisschen meine Nervosität.

Wir verabredeten uns für nächste Woche im Kino und legten dann auf. Als ich aufgelegt hatte, wurde mir erst richtig bewusst, dass Collin mich gerade gefragt hatte, ob wir ein Date haben wollen.

Mein erstes Date. Ich hatte noch nie ein Date. Wie verhalte ich mich da? Was frage ich ihn? Was ist, wenn es ein totaler Reinfall wird und er mich überhaupt nicht mag? Wie immer schossen mir tausend Gedanken durch den Kopf mit denen ich dann aber schlussendlich einschlief.

6

Ganz still saß sie in der Ecke eines Zimmers. Der Raum war durch die vielen Fenster hell beleuchtet. Auf den gelben Wänden hingen bunte Bilder und viele Kinderzeichnungen. Während andere Kinder miteinander spielten oder zeichneten, saß sie still in der Ecke und schaute zu Boden.

Ihr Gesicht versteckte sie unter dem langen blonden Haar, das gelockt über ihre Schultern hing. Sie trug ein hellblaues Kleid mit vielen weißen Blumen, unter der sie ihre zierliche Figur versteckte. Ihre Hände lagen auf ihren Knien. Wie, als dürfte sie sich nicht rühren, saß sie auf dem Holzstuhl und bewegte sich keinen Millimeter.

Auch als wir den Raum betraten, nachdem wir durch die Scheiben der Tür blickten, wandte sie sich uns nicht zu. Doch sie war nicht die Einzige.
Viele Kinder verstummten, schmissen ihr Spielzeug beiseite und schauten schnell zu Boden, andere starrten uns ganz versteift und irritiert an.

„Das ist Emma", erklärte uns Dr. Koller und deutete zu dem Mädchen, das mir schon zuvor auffiel. Als hätte ich es geahnt, schaute ich zu meiner Mutter und warf ihr einen ängstlichen Blick zu. Dann ging die Sozialpädagogin, namens Kowald, zu dem kleinen Mädchen hinüber und beugte sich zu ihr hinunter.

Obwohl es mucksmäuschenstill war, konnte ich kein einziges Wort verstehen, das die Pädagogin zu Emma sagte. Dr. Koller versuchte währenddessen mit einer zweiten Pädagogin die Kinder zu beruhigen und ihnen zu erklären, dass sie keine Angst vor uns haben mussten. Die Kinder vertrauten den Worten von Dr. Koller und spielten weiter.

Als ich meinen Blick wieder Emma zuwandte, kam sie bereits Hand in Hand mit Frau Kowald auf uns zu. Nur leicht konnte ich die Umrisse ihres Gesichtes erkennen, da sie noch immer leicht zu Boden schaute.

„Hallo, Emma. Ich bin Frida und das neben mir ist meine Tochter Philina", sagte meine Mutter aufgeregt als sie vor uns stand. Auch ich sagte: „Hallo."

„Hallo", begrüßte uns das kleine Mädchen mit ganz sanfter und klarer Stimme. Ihre Schüchternheit war dabei ganz deutlich zu hören. Dann war es still zwischen uns.

„Setzen wir uns doch!", schlug die Pädagogin vor.

Wir setzten uns an einen Tisch, der ziemlich am Rand des Zimmers stand.

Dr. Koller begann zu sprechen.

Er erklärte Emma, wer wir sind und was wir hier taten. Schließlich waren meine Mutter und ich zu diesem Zeitpunkt noch völlig fremd für sie. Den Kindern wurde bereits erklärt, dass sie alle, so gut es ging, in neue Familien kommen werden, die sich ab sofort um sie kümmern werden, deshalb war es für Emma keine großartige Überraschung. Ich konnte an ihrem Gesicht nicht ablesen, ob sie froh darüber war, dass Dr. Koller eine Familie für sie gefunden hatte oder ob sie in gar keine Familie wollte.

Während er mit Emma redete, begann sie ihren Kopf immer ein klein wenig mehr nach oben zu neigen. Als sich schließlich kurz unsere Blicke trafen, schaute sie schnell wieder zu Boden und strich sich mit den Händen nervös über die Oberschenkel.

„Du brauchst keine Angst haben. Frau Adams und ihre Tochter würden dich gerne kennenlernen!", sagte die Sozialpädagogin Kowald, die ebenfalls mit uns am Tisch saß. Mit beruhigender Stimme versuchte sie Emma ein klein wenig ihre Nervosität zu nehmen.

„Du kannst ruhig Frida zu mir sagen", korrigierte sie meine Mutter schnell.

„Frau Adams klingt so streng." Meine Mutter bemühte sich sehr.

Es machte den Anschein, als würde sie genau wissen, was sie tun musste, um Emmas Vertrauen zu gewinnen.

Als das kleine Mädchen nach einer Weile noch immer nicht vom Boden aufschauen wollte, hatte ich eine Idee. Ich holte mein Handy aus meiner Hosentasche und legte es vor ihre Nase auf den Tisch.

„Das ist unser Hund Mira, sie ist ein Golden Retrieb ver", sagte ich mit leiser Stimme. Zuerst beachtete sie mein Handy gar nicht, doch dann wagte sie einen kurzen Blick nach oben und betrachtete das Bild, wo Mira und ich vor einem Baum in unserem Garten standen. Da ich sah, wie ihre Mundwinkel leicht nach oben gingen, fragte ich vorsichtig: „Magst du Hunde?"

Ich hatte Angst sie damit zu überfordern, doch da sie mir mit einem Nicken antwortete war ich beruhigt.

Ich mochte Emma. Auch wenn sie sehr schüchtern und vorsichtig gegenüber uns war. Doch wer konnte das nicht verstehen? Wäre ich in Emmas Situation, würde ich genauso reagieren wie sie, also versuchte ich mich so verständnisvoll wie möglich zu zeigen.

Da ich merkte, dass sie Hunde mochte, zeigte ich ihr noch mehr Bilder von Mira und begann ein bisschen über sie zu erzählen.

„Vor fünf Jahren haben wir sie bekommen. Sie liebt es zu spielen, vor allem wenn Kinder mit ihr spielen. Meinen besten Freund Miles schleckt sie immer ab zur Begrüßung." Da musste Emma grinsen.

Ich musste auch immer grinsen, wenn ich Mira Miles abschlecken sah. Allein durch diese Kleinigkeit, durch diese kleine Gemeinsamkeit, auch wenn sie nicht überwiegend groß war, fühlte ich mich immer wohler neben Emma.

Ich hatte das Gefühl, es würde ihr genauso gehen, da sie mittlerweile ihren Kopf nach oben hielt und immer wieder durch die Runde blickte. Man merkte, dass sie sich langsam für uns zu interessieren begann. Auch die Sozialpädagogin merkte, dass Emma lockerer wurde und fragte sie deshalb: „Willst du vielleicht zusammen mit Philina etwas malen?" Als sie mir zunickte, lächelte ich ihr zu und rückte ein Stück näher an sie heran.

Wie es aussah hatte Emma nichts dagegen. Sie gab mir sogar einen Stift und zeigte mir, was ich ausmalen sollte. Ich hatte plötzlich das Gefühl, dass Emma mich mochte. Wie es aussah schien sie uns zu vertrauen oder zumindest hatte sie Interesse uns kennenzulernen.

Auch wenn wir uns noch nicht kannten, wusste ich, dass wir mit Emma fantastisch zurechtkommen würden. Ich wusste, dass es ihr in unserer Familie gefallen würde und stellte mir während dem Zeichnen unsere Zukunft vor.

...

Nach circa einer Stunde verabschiedeten wir uns von Emma und folgten Dr. Koller in sein Büro. Er zeigte uns eine Mappe, die voller Informationen und Geschichten von Emma waren.

„Da Sie jetzt Emma kennengelernt haben, müssen Sie auch ihre Geschichte kennenlernen." Er drückte meiner Mutter die gelbe Mappe in die Hand und verabschiedete sich von uns. Dann verließen wir das Gebäude, stiegen in unser Auto ein und fuhren nach Hause.

Neugierig hielt ich die ganze Fahrt über die gelbe Papiermappe in meinen Händen. Alles Mögliche könnten wir durch diese Mappe erfahren. Der Gedanke machte mir solche Angst, dass ich mich nicht einmal traute die Vorderseite der Mappe aufzuschlagen. Obwohl meine Mutter direkt neben mir saß, fand ich es nur fair, sie gemeinsam aufzumachen. Immer wieder wechselte mein Blick von der Mappe raus aus dem Fenster, zu den Leuten, die auf den Gehsteigen gingen und wieder zurück zur Mappe. Schon unheimlich, einen Menschen auf Papier besser kennenzulernen. Zumindest erfuhren wir die halbe Lebensgeschichte von einem Mädchen, das vor einigen Minuten noch voller Rätsel und Verletzlichkeit gegenüber vor uns saß.

Die Auffahrt zu unserem Haus war voller Schnee. Mira hatte wie es aussah bereits auf uns gewartet und sprang zu mir hoch, um mich im Gesicht abzuschlecken. Mit ihrem hektischen Herumgehüpfe schlug sie mir beinahe die gelbe Mappe aus der Hand.

Mama und ich zogen unsere Stiefel und Mäntel aus und setzten uns gleich auf die Couch. Wir starrten beide kurze Zeit auf das dünne Mäppchen, das vor uns lag. Irgendwie traute sich niemand von uns danach zu greifen und sie aufzumachen. Es könnte alles Mögliche über Emma drinstehen und genau das jagte mir Angst ein.

Morgen, bei dem nächsten Treffen mit ihr, werden wir sie wahrscheinlich mit anderen Augen sehen.

Als ich noch so darüber nachdachte, griff meine Mutter plötzlich zu der Mappe und schlug sie auf. Zuerst wollte ich gar nicht hinsehen, doch als ich ein Bild von Emma auf der ersten Seite durchblitzen sah, musste ich genauer hinschauen.

Ich rückte ein Stück näher und blickte auf das kleine Bild, das von Emma dabeisteckte. Blaue Flecken auf ihrer Schulter und eine blutige Kruste, links neben ihrer Lippe. Ihre Augen schauten schläfrig aus und ganz gelb rundherum. Der Anblick war nicht schön. Ein acht- jähriges Mädchen in so einer Verfassung zu sehen, würde jeden sprachlos machen. Dachte ich zumindest, bevor ich sah was die Erzieher dieses Waisenhauses übers Herz brachten.

Wie es aussah, konnte das Jugendamt Emma gesundheitlich etwas helfen, denn an diesem Tag war von ihren Malen am Gesicht nicht mehr viel über. Ich konnte mir gar nicht vorstellen, was Emma alles mit sich tragen musste, wie schwierig diese ganze Situation für sie sein musste, wobei schwierig eindeutig untertrieben war.

Meine Mutter und ich schauten uns beide mit einem schockierten und mitfühlenden Blick an. Nicht einmal Worte reichten aus, um die Reaktion dieses Zustandes zu beschreiben. Jedes Wort wäre in dieser Situation falsch gewesen.

Wir saßen einfach sprachlos da und schauten auf das Foto. Danach begann ich das Darunterstehende zu lesen.

Vorname: Emma

Nachname: Johnson

Geburtstag: Unbekannt

Aufenthalt: Seit 6 Jahren

Da machte ich wieder Halt. Seit sechs Jahren lebte Emma schon in diesem Waisenhaus?

Sie kannte praktisch kein anderes Leben.

Mir wurde klar, dass Emma erst das wahre Leben kennenlernen musste. Ich wusste nur Eines: das Leben dieses Mädchens musste sich jetzt ändern und wir würden ihr dabei helfen.

Als wir die erste Seite mit ihren persönlichen Daten durchgelesen hatten, blätterten wir auf die nächste

Seite. Ein ganzer Artikel war darauf gedruckt. Ihn zu lesen war nicht, als würde man ein Buch lesen, wobei man wusste, dass diese Geschichte nicht echt sein würde, denn sie war real und dem Kind, dem es passierte, saßen wir vor ein paar Stunden gegenüber. Meine Mutter und ich schauten uns erneut an. Sie hielt die Hände vor ihrem offenen Mund. Sie legte die Mappe auf den Wohnzimmertisch, stand auf und ging ohne ein Wort zu sagen aus dem Raum.

Einerseits wollte ich ihr nachgehen und sie fragen was los sei, andererseits wollte sie womöglich alleine sein, also entschloss ich mich dazu am Sofa sitzenzubleiben.

Ich schaute ihr kurz nach, bevor ich die Mappe wieder in die Hand nahm und weiterblätterte. Mehrere Berichte von Ärzten und Psychologen waren zu sehen. Einige waren echt schrecklich und andere waren noch unvollständig. Als ich nach gefühlten Stunden endlich mit dem Durchlesen der Mappe fertig war, legte ich sie auf die Seite und schaute auf die Uhr.

Es war bereits zehn Uhr abends und stockdunkel draußen. Meine Mutter kam nicht mehr aus ihrem Schlafzimmer heraus. Ich überlegte wieder kurz, ob ich nach ihr schauen sollte, doch als ich die Tür zu ihrem Schlafzimmer öffnen wollte, war sie verschlossen.

„Mama?", rief ich halbstark während ich gleichzeitig an die Tür klopfte. Zuerst rührte sich nichts. Sie gab mir keine Antwort. Erst als ich das zweite Mal nach ihr fragte kam nur: „Philina, ich möchte alleine sein. Gute Nacht." Nach diesen Worten drehte sie das Licht in ihrem Zimmer ab.

Für kurze Zeit blieb ich noch vor der Zimmertür stehen. Doch dann drehte ich mich verwirrt um und ging in mein Zimmer.

Ich schloss die Tür, drehte meine Lichterkette auf, die ich neulich an die Wand hing und schmiss mich in mein Bett. Ich drehte Rap Musik auf, um den ganzen Tag verarbeiten zu können.

Ich lag unter meiner dicken Decke und starrte auf die Straßenlaterne, die vor meinem Fenster flackerte. Etwas komisch war dieser Tag schon. Aber wie hätte er auch normal werden können? Wir lernten ein stark geschädigtes Kind kennen, das im besten Fall einmal bei uns wohnen sollte und erfuhren ihre ganze Lebensgeschichte, die auf ein paar Seiten Papier gedruckt war. Zumindest erfuhr ich alles.

Dann dachte ich über meine Mutter nach, die sich wieder so komisch verhielt. Sie wollte schon wieder nicht mit mir reden, sie wollte alleine sein und sich abkapseln.

Dann fiel mir plötzlich Collin ein. Schon wieder hatte ich mich den ganzen Tag nicht bei ihm gemeldet. Ich schnappte mir schnell mein Handy, wechselte von Rap auf Pop und begann eine, wie sich am Ende herausstellte, viel zu lange Textnachricht an Collin zu schreiben.

Ich erklärte ihm, was den Tag bei mir so los war und erzählte ihm von Emma und Teile von der Mappe.

„Kein Problem", schrieb er zurück. „Wenn du willst können wir morgen weiter über das kleine Mädchen Emma reden." Irgendwie war ich nicht nervös. Ich sah alles ganz entspannt und freute mich tierisch auf mein erstes Date. Ich drehte die Musik und die Lichterkette ab, kuschelte mich tiefer in meine Decke und schlief langsam ein.

7

Am nächsten Tag war wieder Montag, also musste ich früh aus den Federn. Während der Busfahrt redete ich mit Miles über nichts anderes als Emma. Ich erzählte ihm jedes noch so kleine Detail von der ersten Begegnung mit ihr.

Nach der Schule holte mich meine Mama ab. Beim Frühstück redeten wir nicht über den Vorfall des vorigen Abends. Sie verhielt sich völlig normal und versuchte positiv zu sein, also spielte ich einfach mit.

Während der Fahrt zum Jugendamt entschuldigte sie sich plötzlich bei mir. Sie meinte, sie wäre so geschockt gewesen, dass sie es nicht schaffte weiterzulesen. Fürs Erste glaubte ich ihr das und nahm ihre Entschuldigung an.

Als wir am Parkplatz standen, blieben wir noch kurz im Auto sitzen. Im Augenwinkel sah ich wie meine Mutter tief ein- und ausatmete. Dann stiegen wir aus und gingen zu Dr. Koller, um Bescheid zu geben, dass wir jetzt hier wären.

An diesem Tag sahen wir die kleine Emma zum zweiten Mal.

Ich versuchte sie nicht sonderlich auffällig anzustarren. Ich war nur absolut fasziniert von diesem kleinen Mädchen, das trotz allem was sie durchmachen musste, so tapfer und beeindruckend vor uns stand. Offener als ich es wäre, gab sie uns heute die Hand. Man merkte, es war ihr nicht ganz geheuer, aber wie es aussah mochte sie uns.

Wir setzten uns wieder an den Tisch.
An diesem Tag gab uns die Sozialpädagogin kleine Aufgaben, die wir zusammen lösen sollten, um zu sehen, ob wir miteinander agieren können.

Zu Beginn zeichneten wir wieder. Emma gab mir wieder verschiedene Buntstifte in die Hand, mit denen ich die Felder ausmalen sollte.

Danach setzten wir uns alle auf den Boden. Emma holte Puppen zum Spielen und ein riesiges Puppenhaus. Dann fing sie einfach an zu spielen. Meine Mutter machte den nächsten Schritt. Wieder wusste sie ganz genau was sie tun musste und wie sie mit dem kleinen Mädchen reden konnte. Noch nie zuvor hatte ich meine Mutter so gesehen wie an diesem Tag. Seit wir Emma kannten, zeigte sie immer mehr neue Facetten, die vorher nie zum Vorschein kamen.

Sie nahm sich ebenfalls eine Puppe in die Hand und fragte Emma ganz vorsichtig, ob sie mitspielen durfte. Zu ihrem Erleichtern drehte das Mädchen den Kopf in unsere Richtung, schaute zu Boden und nickte. Meine Mutter musste grinsen. Man merkte wie viel es ihr bedeutete, dass Emma, auch wenn es nur ein bisschen war, Vertrauen in sie hatte.

Ich merkte auch, dass sich meine Mutter langsam wohlfühlte und, dass sogar Emma die Situation genoss. Kurze Zeit später drückte mir Emma eine Puppe in die Hand. Wie es aussah wollte sie, dass ich auch mitspielte.

Ohne dass Emma etwas sagte wussten wir, was sie spielen wollte. Die Puppe meiner Mutter war auch im Spiel die Mutter. Meine und Emmas Puppe waren Geschwister. Schnell wurde uns klar, dass dies unser Leben darstellen sollte und wie sehr Emma sich eine Familie wünschte. Noch nie war ich so bewegt von einem acht-jährigen Kind gewesen, wie von ihr. Mit ihrer Stärke, ihrem Durchhaltevermögen, ihrer doch schon offenen Art gegenüber uns, obwohl wir uns erst zwei Tage kannten, machte sie mich völlig sprachlos. Irgendetwas hatte dieses Mädchen an sich, das mich durch und durch faszinierte. Auch wenn es vielleicht komisch klingt - es fühlte sich an, als wäre das kleine Mädchen bereits jetzt schon ein Teil unserer kleinen Familie.

Wir spielten noch mit Emma bis die Besuchszeit für diesen Tag vorbei war. Als wir uns von ihr verabschiedeten und zum Auto gingen, hatte ich das Gefühl ihr schon viel näher gekommen zu sein. Wenn es so voranging, dachte ich mir, konnte einer kleinen glücklichen Familie nichts mehr im Wege stehen.

Auf dem Nachhauseweg erzählte ich Collin wieder von dem heutigen Besuch bei Emma. Da heute Abend das Date mit ihm war, schreib ich ihm, wie sehr ich mich schon darauf freute. Ich war schon total aufgeregt und mit jedem Meter, den wir uns dem Kino näherten, stieg diese Nervosität immer mehr und mehr. Meine Mutter ließ mich vor dem Kino aussteigen und da stand er auch schon. Er wartete bereits vor der Eingangstür auf mich. Wir umarmten uns und gingen in das Gebäude.

Während des Filmes konnten wir nicht so viel reden, also machten wir danach noch einen kleinen Spaziergang. Wir gingen zu einem eingefrorenen See, der nicht weit vom Kino entfernt war. Wir redeten und redeten und stellten fest, dass wir so einige Sachen gemeinsam hatten. Wir waren sofort auf der gleichen Wellenlänge. Er brachte mich immer wieder zum Lachen.

Mir kam es so vor, als würden wir uns schon ewig kennen. Es fühlte sich so an, als wäre er mein Seelenverwandter, doch soweit wollte ich noch nicht denken.

Als wir uns dann gegenüberstanden und uns in die Augen schauten meinte er, er wolle mir einen Zaubertrick zeigen.

„Gib mir deine Hände und mach die Augen zu." Ich war gespannt auf den Zaubertrick, denn diese faszinierten mich immer so. Ich war der festen Überzeugung jetzt einen Trick zu sehen, doch stattdessen nahm er meine Hände, zog mich näher an sich heran und küsste mich.

Mein Bauch fing an zu kribbeln, ich war wie eingefroren, doch musste lächeln. Das war also mein erster Kuss.

Collin und ich blickten uns ganz tief in die Augen und grinsten uns an. Er hielt noch immer meine Hände fest. Es fühlte sich wunderbar an. Ich fühlte mich geborgen. In seiner Nähe fühlte ich mich die ganze Zeit wie etwas Besonderes.

Danach gingen wir händchenhaltend zurück zum Kino, wo meine Mutter bereits im Auto wartete. Auch wenn es mir ein bisschen unangenehm war dies vor meiner Mutter zu tun, küsste ich ihn ein zweites Mal bevor ich mich von ihm verabschiedete und zu meiner Mutter ins Auto steig.

„Was war denn das?", war das Erste was ich mir anhören musste. Sie lächelte mich an und stupste dabei meine Schulter. Da ich sowieso wusste, dass kein Weg daran vorbeiführte ihr alles über das Date und Collin zu erzählen, fing ich von vorne an. Die ganze Zeit schwärmte ich von ihm in den höchsten Tönen.

Den Rest der Fahrt musste ich ihr also zuhören, wie sich mein Vater und sie damals kennenlernten. Zumindest tat ich so, da ich die Geschichte schon tausendmal gehört hatte und nicht aufhören konnte an Collin zu denken.

Zuhause angekommen sprang uns Mira wieder entgegen. Ich schnappte mir gleich die Leine und ging mit ihr eine Runde in der eisigen Winterkälte spazieren. Es schneite ein wenig.

Die Schneeflocken waren so dick, dass man einige von ihnen genauer erkennen konnte.

Mira liebte den Schnee genauso wie ich. Sie wälzte sich draußen auf einer Wiese und sah so bezaubernd dabei aus, dass ich fast Lust hatte mich mit ihr im Schnee hin und her zu rollen.

Ich ging mit ihr an diesem Tag eine etwas größere Runde rauf auf den Berg, um das eingeschneite Dorf zu sehen. Ich konnte über die ganze Stadt sehen und auch das alte Waisenhaus. Da es schon etwas dunkler wurde, konnte ich nach und nach beobachten, wie alle Weihnachtsbeleuchtungen angingen.

Ich setzte mich auf eine Bank, die unter einer Laterne stand. Mein Hintern wurde zwar nass, doch das war mir egal. Mira setzte sich neben mich auf den Boden. Zusammen blickten wir über unser kleines Dorf, das bunt von allen Lichtern beleuchtet war. Ich hätte stundenlang in dieser Position verharren können. Nur Mira und ich, sonst niemand. Auch wenn der heutige Tag wunderschön war, tat die Stille und das Alleinsein gut.

Ich atmete die eiskalte Luft ein und dachte über den ganzen Tag nach. Über alles was passiert war. Ich merkte wie sich mein Leben zu verändern begann. Ich merkte, dass zwei Menschen, die ich vor ein paar

Wochen nicht kannte, auf einmal Teil meines Lebens wurden. Es beängstigte mich jedoch nicht. Ich freute mich auf Emma und war gespannt auf die Zeit mit Collin.

Ich saß noch eine ganze Weile auf der Bank. Auch wenn mir schon langsam kalt wurde, wollte ich noch nicht gehen und da Mira auch nicht den Anschein machte sich vom Platz bewegen zu wollen, blieben wir noch.

Mir gingen so viele Gedanken durch den Kopf, die ich erst einmal ordnen musste. Ich machte mir größtenteils Gedanken über das kleine Mädchen, das heute mit uns Puppen spielte, wie verhüllt und schüchtern sie gegenüber dem Leben war und so viele Geheimnisse und Erfahrungen, die sie mit sich tragen musste. Und Collin, der mich heute küsste, auf eine so bezaubernde und liebevolle Art.

Ich versuchte mich kurz frei von diesen Gedanken zu machen und nur die Schneeflocken zu beobachten, die langsam auf der weißen Schneedecke landeten.

Dann wurde ich aus meinen Gedanken gerissen, als mein Handy läutete. Es war meine Mutter, die sich Sorgen machte, weil ich schon so lange weg war und es mittlerweile stockdunkel draußen geworden war. Da ich dieser Feststellung nur zustimmen konnte, schnappte ich die Leine von Mira und begab mich auf den Heimweg.

Auf den Straßen meines Dorfes begegnete ich nicht vielen Leuten. Nur einem Paar, das mir irgendwie bekannt vorkam. Als mir wieder einfiel, woher ich die beiden kannte und ich mich noch einmal zu ihnen umdrehen wollte waren sie bereits weg.

Mira und ich waren alleine auf der Straße. Ich fühlte mich jedoch sicher. Mira war an meiner Seite und die Weihnachtsbeleuchtungen gaben eine gemütliche Atmosphäre wieder, sodass ich beruhigt nach Hause gehen könnte.

Vor der Haustüre klopfte ich mir den ganzen Schnee von meinem Mantel und schüttelte meine Haube aus, bevor ich ins warme Haus eintrat. Meine Mutter stürmte mir entgegen und umarmte mich ganz wild.

„Wo warst du denn nur so lange? Ist alles ok? Ich habe mir Sorgen gemacht."
„Es ist alles gut, Mama. Du musst dir keine Sorgen machen!", antworte ich und versuchte sie dabei zu beruhigen. Sie atmete tief durch und hüllte mich in eine

Decke ein mit den Worten: „Du bist ja ganz durchgefroren. Willst du einen Tee, um dich aufzuwärmen?"

„Da kann ich nicht nein sagen. Danke!", antwortete
ich und setzte mich auf das Sofa. Mira legte sich auch
völlig erfroren vor das Kaminfeuer und schlief ein. Als
meine Mutter wieder mit dem fertigen Tee ins Wohnzimmer kam, sagte ich: „Du bist die beste Mama, die
man sich wünschen kann. Auch für Emma."

Ich sah wie sehr sie sich darüber freute.

Dann bemerkte ich, dass sie noch etwas anderes in der
Hand hielt.

Es war die gelbe Mappe von Emma. Sie hatte sie endlich gelesen.

8

Es folgten noch einige Besuche bei Emma. Drei Wochen vergingen, in denen wir sie immer besser kennenlernen konnten und sie uns.

Schon nach einer Woche schaute das anfangs schüchterne Mädchen uns an, wenn sie uns zur Begrüßung die Hand reichte. Sie begann auch ziemlich schnell mit uns zu reden. Die Sozialpädagogin meinte, das sei, weil sie sich bei uns wohlfühlte.

Auch bei ein paar Therapien von Emma waren wir dabei.
Wir lernten den Umgang mit ihr dadurch besser und wurden genauer informiert über den Umgang mit der acht-Jährigen.

In der zweiten Woche merkte man richtig, wie sehr sie sich freute uns zu sehen. Jeden Tag spielten meine Mutter und ich mit ihr Puppen und jeden Tag malten Emma und ich ein Bild.

Als Dr. Koller uns mitteilte, dass Emma mit Sicherheit bei uns einziehen könnte, war die Freunde bei uns so groß, dass wir ihr irgendetwas Schönes zum Einzug bei uns schenken wollten.

Da ihr Puppenspielen so viel Freude bereitete überlegten wir, ob wir für ihr Kinderzimmer bei uns Zuhause ein Puppenhaus kaufen wollten.

In der dritten Woche war Emma zusammen mit der Sozialpädagogin und Dr. Koller bei uns zu Besuch. Wir zeigten ihr das ganze Haus. Das Wohnzimmer, die Küche, mein Zimmer und zum Schluss überraschten wir sie mit ihrem eigenen Zimmer. Auch mit Mira verstand sie sich blendend. Es konnte nicht perfekter laufen. Emma freute sich so sehr, dass sie in Tränen ausbrach. Alles ging so schnell, die Zeit raste nur so an uns vorbei. Ich dachte, es würde viel länger dauern, eine Bindung zu dem anfangs so zerbrechlichen Mädchen aufzubauen, doch mittlerweile ist sie mir so wichtig geworden, dass ich mir gar nicht mehr vorstellen konnte sie nicht zu kennen.

„Ihre Entwicklung in den letzten Wochen war außergewöhnlich", erklärte uns Dr. Koller. Ein wahres Wunder.

...

Wir konnten es nicht glauben. Heute war der Tag,

an dem Emma tatsächlich bei uns einziehen sollte. Ich denke, wir waren zu diesem Zeitpunkt schon alle bereit und freuten uns tierisch, dass Emma nun endlich ein fixes Familienleben haben sollte. Natürlich war es nicht einfach für sie. Auch wenn wir keine komplett fremden Leute mehr für sie waren, waren wir immerhin Menschen, die sie erst drei Wochen kannte.

Das Jugendamt erklärte uns, das wir das schon schaffen würden. Sie haben gesehen, wie gut wir uns miteinander verstanden, außerdem durften sie keine Zeit verlieren. Sie hatten noch so viele Kinder, die einer Familie zugewiesen werden mussten, da half es, wenn eines davon sicher und glücklich einen Neustart wagen konnte. Meine Mutter und ich waren uns auch sicher, dass wir das schaffen würden und sogar Emma war damit einverstanden, was natürlich die größte Erleichterung für uns war.

Am 28.Jänner war es soweit. Nach der Schule holte mich meine Mama wieder ab und wir fuhren zu Emma. Sie wartete bereits vor dem Gebäude auf uns mit samt ihren ganzen Sachen.

Während ich mit ihr die Koffer in unser Auto packte, ging meine Mutter zu Dr. Koller um Bescheid zu sagen, dass wir da waren.

Sie musste noch den endgültigen Adoptionsvertrag unterschreiben und dann konnte das neue Familienabenteuer losgehen.

Ich setzte mich zu Emma nach hinten und fuhren nach Hause.

Sie schaute die ganze Zeit über nur aus dem Fenster.

„Bist du aufgeregt?", fragte ich nach einer ganzen Weile. „Schon etwas", antwortete mir Emma. Mir kam es jetzt schon so vor, als wären wir richtige Schwestern.

Zuhause angekommen zögerte Emma etwas mit dem Austeigen. Hatte sie doch Angst bekommen und möchte wieder zurück? Zweifel kamen in mir auf, die jedoch gleich wieder verschwanden, als ich sah wie sie die Autotür öffnete. Meine Mutter begann bereits die Koffer von Emma auszuladen und sie ins Haus zu tragen.

Ich bot Emma meine Hand an, um mit ihr gemeinsam diesen Schritt zu wagen. Sie nahm sie an und wir gingen zusammen in unser Haus. Mira kam sofort angerannt und begrüßte uns alle mit lautem Bellen und Gesichtabschlecken.

Auch wenn es kein beängstigendes Gefühl war

Emma hier zu haben, fühlte es sich einfach wahnsinnig anders an.

Meine Mutter ging mit meiner neuen Schwester in ihr Zimmer und begann ihre Sachen einzuräumen. Währenddessen ging ich in mein Zimmer und rief Collin an. Ich erzählte ihm, dass Emma nun bei uns wohnte und, dass ich ihn vermisste. Dann fragte ich ihn, ob wir uns sehen könnten. Zu meinem Erleichtern stimmte er zu. Ich fühlte mich mit ihm so sicher und alles war vertraut und, auch wenn es unhöflich gegenüber Emma war, da sie ja heute bei uns einzog, brauchte ich diesen Abstand.

Ich sagte also meiner Mutter Bescheid, die damit einverstanden war und traf mich mit Collin im Park. Es fing an dunkel zu werden, also hatte ich den Einfall ihm die Stelle zu zeigen, an der ich vor ein paar Wochen mit Mira war.

Hand in Hand spazierten wir durch die mit Schnee bedeckten Straßen unseres Dorfes, hinauf auf den kleinen Berg, bis an die Stelle mit der Bank unter der Laterne. Wir wischten den Schnee von der Sitzfläche und setzten uns aneinander gekuschelt auf die Bank.

Collin war genau wie ich total überwältigt von dem

Lichtermeer das unter uns lag. Dann kam eine Frage in meinen Gedanken auf, die mich bereits ein paar Tage verfolgte. Nach unserem ersten Date trafen sich Collin und ich noch ein paar Mal und es war immer unbeschreiblich schön. Einmal waren wir Eislaufen und auf einem Adventsmarkt, ein anderes Mal gingen wir ins Planetarium und lagen unter den Sternen und dann waren wir öfter nur spazieren. Jetzt fragte ich mich, ob wir zusammen waren. Ich wollte es unbedingt wissen, auch wenn ich große Angst davor hatte abgewiesen zu werden, würde dann endlich Klarheit in meinem Kopf herrschen.

Ich richtete mich auf, schaute in seine wunderschönen tiefen Augen und fragte: „Sind wir eigentlich zusammen?" Bevor er etwas sagte, kam er näher und küsste mich.

„Ja", flüsterte er mir ins Ohr woraufhin ich ihn wieder küsste. Es war der romantischte Moment, den ich je in meinem Leben hatte. Wir vergaßen völlig auf die Zeit.

Als meine Mutter schon wieder anrief, trennten sich jedoch unsere Wege. Als ich die Haustüre aufmachte, konnte ich gar nicht mehr aufhören zu grinsen. Es war ein schönes Gefühl einen Freund zu haben. Ich ging ins Wohnzimmer, wo Mama gerade versuchte, Emma den Fernseher zu erklären. Auf dem Tisch standen leckere Schokokekse. Ich legte meinen Mantel ab und setzte mich neben sie auf die Couch.

Danach schauten wir alle zusammen einen Disneyfilm. Er hieß „Die Schöne und das Biest". Man merkte richtig wie Emma von allem begeistert und glücklich war und sich bei uns wohlfühlte.

Dann gingen wir alle schlafen. Ich hoffte, Emma fühlte sich wohl in ihrem neuen Zimmer. Ich konnte mir vorstellen, wie schwierig alles für sie sein musste.

...

Mitten in der Nacht wurde ich plötzlich von einem Schreien geweckt. Zuerst realisierte ich gar nicht, dass es von unserem Haus kam, ich dachte ich träumte.

Doch als das Schreien nicht aufhörte, sprang ich aus meinem Bett und versuchte dem Lärm zu folgen. Als ich vor Emmas Zimmer stand sah ich meine Mutter wie sie versuchte sie zu beruhigen, doch sie wollte nicht aufhören. Auch wenn ich nicht sonderlich überrascht war, Emma so zu sehen, nach all dem was sie durchmachen musste, stand ich wie angewurzelt in der Türschwelle und beobachtete wie Emma Tränen die Wange hinunterliefen.

„Es ist alles gut, du bist in Sicherheit. Niemand hier will dir etwas antun", hörte ich wie meine Mutter ihr ins Ohr flüsterte. Ich war überrascht, wie geregelt und konzentriert sie mit der Situation umging. Als würde sie das jeden Tag machen, nahm sie Emma in den Arm, strich ihr über den Kopf und versuchte sie zu beruhigen.

Dann fing sie plötzlich an zu singen. Noch nie hatte ich meine Mutter singen hören und das Lied kannte ich auch nicht. Wahrscheinlich sang sie es nur, weil sie mich noch nicht bemerkt hatte.

Schon eine ganze Ewigkeit stand ich angelehnt an den Türrahmen in meinem Pyjama und beobachtete die beiden. Ich sah wie Emma zitterte, ihr Blick war fixiert auf die Decke über ihr.

Noch immer versuchte meine Mutter sie zu beruhigen, was nach einiger Zeit auch klappte. Emma schlief während des Liedes, das meine Mutter sang, in ihren Armen ein. Vorsichtig legte sie Emma auf ihr

Kopfkissen und versuchte leise den Raum zu verlassen.

Als sie mich dann entdeckte, schaute sie mich völlig überrascht und müde an. Doch anstatt mir zu erklären, was gerade hier vor sich ging, schloss sie die Zimmertür, griff mir auf die Schulter und meinte: „Alles ist gut Philina. Geh wieder schlafen."

Mit diesen Worten ließ sie mich im Dunkeln stehen und ging wieder hinunter in ihr Schlafzimmer. Da ich nichts tun konnte und es sowieso mitten in der Nacht war, folgte ich der Anweisung und ging wieder schlafen.

Als ich am nächsten Tag aufstand, sah ich wie meine Mutter und Emma ganz in Ruhe beim Tisch saßen und frühstückten. Wie als wäre letzte Nacht nichts passiert.

Heute war Emmas erster Schultag. Sicherlich war sie total aufgeregt. Alles veränderte sich in ihrem Leben. Neue Familie, neues und eigenes Zimmer, neue Schule und neue Freunde, die sie hoffentlich schnell finden würde.

Emma hatte noch keine Schulsachen, also lieh ich ihr einen Rucksack, einen Collegeblock und ein paar Stifte von mir. Auch was sämtliche Winterklamotten betraf, war sie nicht sonderlich ausgestattet.

Mama gab ihr einen Schal und eine alte Mütze, die mir schon zu klein geworden waren, setzte sie Emma auf und wir gingen zusammen zur Bushaltestelle. Auf dem Weg erklärte ich Emma ein bisschen die Umgebung. Ich zeigte ihr den Heurigen und den Spielplatz.

Als der Bus um die Ecke kam, fiel mir plötzlich ein, dass Miles Emma heute zum ersten Mal sehen würde und, dass ich nicht auf meinem Stammplatz neben ihm sitzen konnte.

Als Emma und ich den Bus betraten waren alle Augen auf uns gerichtet. Normalerweise war ich die Einzige, die bei dieser Haltestelle einstieg und das schon seit Jahren, doch natürlich waren alle neugierig, wer das unbekannte kleine Mädchen war, das vor mir in den Bus stieg. Ich deutete Emma die freien Sitzplätze, wo wir uns anschließend hinsetzten. Miles winkte ich nur zu.

In der Schule angekommen brachte ich Emma in ihre Klasse. Wie es aussah waren in dieser Klasse mehrere Kinder vom Waisenhaus.

Emma bedankte sich leise bei mir, als ich ihr erklärte, dass Mama sie nach dem Unterricht abholte.

Danach rannte sie zu einem Mädchen mit braunen Locken und dunkler Hautfarbe. Wie es aussah war dieses Mädchen eine Freundin von ihr. Erleichtert schaute ich Emma noch eine Weile zu und ging anschließend in meine eigene Klasse, die zwei Stöcke darüber lag.

Nach der Schule ging ich mit Miles in ein Café. Ich erzählte ihm von den Wochen, in denen wir Emma kennenlernten, von ihrer lieben und schüchternen Art und von dem Einzug in unser Haus vor ein paar Tagen und zum Schluss noch von Collin. Miles war völlig sprachlos. Es wirkte, als wäre er irgendwie überfordert mit der Situation, da ich jetzt einen Freund hatte, doch den genauen Grund dafür wusste ich nicht.

Miles äußerte sich eigentlich nur zu Emma. Vielleicht hatte er Angst, mich zu verlieren oder vielleicht war er verliebt in mich, was ich mir absolut nicht vorstellen konnte, da wir beste Freunde waren und das schon seit wir Babys waren, also schloss ich Letzteres aus. Vielleicht fühlte er sich auch außen vorgelassen und hatte Angst ich würde ihn nicht mehr brauchen.

„Ist alles okay bei dir?", fragte ich deshalb vorsichtig, nahm dabei seine Hand und schaute ihm tief in die Augen. „Ja klar, alles okay!", antwortete er zurück. Wie als hätte er sich diese Antwort schon zurechtgelegt und würde nur noch auf den perfekten Moment warten, um diese loszuwerden.

Auch wenn Miles nicht mit der Wahrheit rausrücken wollte, denn ich konnte ganz genau sehen, dass ihn etwas bedrückte, versuchte ich seine Zweifel zu nehmen. „Miles, die ganze Situation mit Emma ist völlig neu für meine Mutter und mich. Das musst du verstehen. Ich werde in nächster Zeit weniger Zeit haben, weil wir Emma viel beibringen müssen und ich mich um sie kümmern muss, wenn Mama arbeiten ist. Das mit Collin hat sich nebenbei entwickelt. Ich habe ihn im Jugendamt kennengelernt, seine Familie hat ebenfalls eines der Kinder aufgenommen, einen Jungen namens Oliver. Er wollte sich mit mir verabreden, wir gingen ins Kino und er küsste mich zum ersten Mal."

Da machte Miles plötzlich große Augen. Seine Neugier war deutlich zu spüren. „Ihr…habt euch…geküsst? Ihr beide? Du ihn und er dich?", brachte er stotternd über die Lippen.

„Ja Miles, Collin und ich haben uns geküsst. Sogar schon öfter.

Ich kann dir gar nicht sagen, was für ein toller Typ er

ist. Wie mein Seelenverwandter."

„Oh mein Gott, ich freu mich ja so für dich. Meine Philina hat einen Freund. Das ich das noch miterlebe!"

„Hey!" Ich musste lachen. Miles lachte auch.

Das komische Gefühl, das die ganze Zeit in der Luft lag schien auf einmal weg zu sein. Das Aussprechen tat mir gut, ich hatte es vermisst mit Miles über alles zu reden und zu blödeln. Dann erzählte er mir noch von seinen kleinen Geschwistern und seiner Mutter, dass es immer schwieriger mit ihnen werde und er es langsam nicht mehr aushalte.

„Du kannst immer zu mir kommen, das weißt du. Dann lernst du auch Emma kennen." „Ich weiß Philina. Ich komm sowieso einmal wieder zu dir, aber zuerst muss ich die Situation zu Hause regeln."

Mit einem verständnisvollen Nicken lächelte ich ihn an und umarmte ihn anschließend. Dann bezahlten wir und fuhren zusammen mit dem Bus in unser kleines Dorf.

Ich stapfte im Schnee nach Hause. Völlig verschneit und mit nassen Flecken von den Schneeflocken auf meiner Jeans, kam ich zu Hause an. Emma und meine Mutter saßen vor dem Fernseher. Emma war fasziniert von dem schwarzen Viereck, in dem sie so viele verschiedene Filme und Programme zeigten.

„Ich war noch mit Miles im Café", sagte ich zu meiner Mutter, als ich ins Wohnzimmer kam. „Habe ich mir gedacht", antwortete meine Mutter. Emma sagte nichts, sie starrte nur die kleinen lustigen Figuren an, die im Fernseher herumsprangen.

Zum ersten Mal sahen wir, wie sie lachte. Jedes Mal aufs Neue verzauberte und faszinierte mich dieses Mädchen. Sie lachte, nach all dem was ihr passiert war. Wie es aussah, schätzte ich Emma völlig falsch ein.

Am nächsten Tag holte meine Mutter uns beide von der Schule ab, denn wir fuhren alle gemeinsam in die Stadt zu Emmas ersten Therapiestunde. Ich hatte das Gefühl, das meine Mama und ich aufgeregter waren als Emma selbst. Sie strahlte auf mich mehr Ruhe und Gelassenheit, als Angst und Stress aus.

Die Therapeutin war eine Frau. Sie war klein, etwas kurviger und hatte braune Haare, die sie mit einer Haarklammer hochgesteckt hatte. Sie trug eine bunte Brille und eine weiße Bluse.

Als wir in das Zimmer eintraten, fielen mir sofort die bunten Bilder an der Wand und das riesige

Bücherregal auf. Im Raum stand ein großer gemütlicher Stuhl, auf dem ein Schafsfell lag und eine Couch mit vielen Kissen darauf. Ich fühlte mich sofort wohl und schmiss mich gleich nach dem Händedruck mit der Therapeutin auf das Sofa. Emma saß zwischen meiner Mutter und mir.

Die für mich noch völlig fremde Frau brachte uns allen drei ein Glas Wasser bevor sie sich ebenfalls hinsetzte, ein Notizbuch aufschlug und zu reden begann.

Als ich damals ein paar Mal bei einer Therapeutin war, um das plötzliche Verlassen meines Vaters zu verkraften, war der Raum ganz anders. Er wirkte auf mich nicht so einladend und behütet. Ich hatte mehr das Gefühl, die Therapeutin wollte mich aushorchen und mehr über mich wissen, als dass sie mir half. Doch in diesem Fall war alles ganz anders. Ich war der Therapie aufgeschlossen, auch wenn sie nicht speziell für mich war.

Emma kannte die Therapeutin schon. Sie war von Anfang an, als Emma aus dem Waisenhaus kam, für sie da und half ihr schon ein wenig über die Situation hinwegzukommen. Ich fand diese Frau sympathisch, was genau ich an ihr mochte, wusste ich jedoch nicht. Vielleicht ihr herzliches Auftreten, ihre offene Art oder ihre

Empathie. Ich nannte die Frau ab diesem Zeitpunkt Molly. Auch wenn sie nicht so hieß, schaute sie aus wie eine Molly.

Als Molly das Gefühl hatte, dass wir alle angekommen waren und uns wohlfühlten, fing sie an Fragen zu stellen. Nach ein paar allgemeinen Fragen zu unserer Person, unserem Alltag und wie es denn bis jetzt so läuft, schickte sie meine Mama und mich in das Wartezimmer. Sicher redete Emma über ihre Gefühle noch mehr mit der Therapeutin, als mit uns - konnte ich nachvollziehen. Emma kannte die Therapeutin schon länger und vor uns würde sie vielleicht nicht so viel erzählen.

Nach ca. 20 min wurde meine Mutter hineingebeten. Ich hatte keine Ahnung was in dieser Zeit in diesem Raum vor sich ging. Alles was ich sagen kann ist, dass meine Mutter danach mit verweinten Augen und roten Backen aus dem Raum kam.

Auch Emma wirkte so, als hätte sie geweint. Ich wollte meine Mutter umarmen, doch sie wies mich ab. Auch Emma schaute mich nicht an.

„Lag es an mir?", fragte ich mich. Die Therapeutin wollte mich auf jeden Fall danach nicht mehr sprechen, also fuhren wir nach Hause.

Die ganze Autofahrt redete keiner ein Wort, nicht einmal das Radio war aufgedreht. Ich hielt die ganze Zeit mein Handy in der Hand und schrieb mit Collin. Ich erzählte ihm von der ersten Therapiestunde, dass ich sie mir ganz anders vorgestellt hatte und das jetzt niemand mit mir redete. Er versuchte mich aufzumuntern, doch es gelang ihm nicht.

Ich saß den restlichen Tag noch in meinem Zimmer und machte mir Gedanken. Da niemand mit mir reden wollte bzw. auch nicht das Bedürfnis hatte, mich aufklären zu wollen, wollte ich nicht weiter nachfragen.

Als ich aus meinem Zimmer ging, klingelte es plötzlich an der Tür. Da Mama und Emma wieder zusammen auf der Couch saßen und gerade dabei waren ein Buch zu lesen, öffnete ich die Haustür. Ich konnte kaum glauben wer vor mir stand. Plötzlich bekam ich einen Kuss. Es war Collin, der mich überraschte.

„Du wirktest so traurig, also habe ich mir gedacht, ich schau einmal vorbei." Da meine Mutter jedoch zu diesem Zeitpunkt noch nicht wusste, dass Collin, der Junge, den sie bis jetzt nur vom Kino kannte, nun mein fester Freund war, ließ ich ihn zuerst noch im

Vorzimmer stehen und rannte zu meiner Mutter und Emma ins Wohnzimmer, um ihr alles zu erklären.

Meine Mutter zeigte aber nicht wirklich großes Interesse daran, deshalb ging ich mit Collin in mein Zimmer. Zum ersten Mal war er hier zu Besuch bei mir.

Wir setzten uns auf mein Bett. Ich erzählte ihm noch einmal von meinen ganzen Sorgen und, dass ich einfach nicht verstand, wieso meine Mutter und Emma mich so ausgrenzten.

Was war passiert in der halben Stunde, als ich nicht mit ihnen in diesem Raum war?

Als mir eine Träne die Wange herunterlief, wischte Collin sie weg und gab mir einen Kuss. Wir legten uns nebeneinander unter die Decke und kuschelten locker zwei Stunden. Es war so schön, dass ich komplett vergaß, dass meine Mutter und Emma gerade unten saßen und zusammen etwas teilten, das sie nicht mit mir teilen wollten.

Dann kam meine Mutter plötzlich in mein Zimmer. Überrascht war sie nicht von dem Anblick, doch begeistert war sie auch nicht. Mit lauter Stimme begrüßte sie den für sie noch fremden Jungen und bat mich anschließend mit ihr vor die Tür zu kommen.

Schnell löste ich mich aus seinen Armen, sprang aus dem Bett und ging mit ihr vor meine Zimmertür. „Philina, was fällt dir ein einfach einen fremden Jungen in unser Haus zu lassen, der es nicht einmal schafft mich zu begrüßen?!" „Collin ist mein fester Freund!", schrie ich sie an. „Und wenn du mir vorhin zugehört hättest, wüsstest du das auch. Weißt du wie verletzend das ist, wenn niemand von euch beiden mit mir reden will. Was geschah während der Therapie? Wieso habt ihr geweint?"

Mama schaute mich böse an: „Das kann ich dir nicht sagen. Und das nächste Mal will ich, dass sich der Junge bei mir vorstellt." Mehr sagte sie nicht dazu und ging wieder.

Jetzt musste ich schon wieder weinen. Ich kroch zu Collin unter die Decke und ließ mich von ihm trösten. Spät in der Nacht ließ sich Collin von seinem Vater abholen.

Am nächsten Morgen gingen Emma und ich ganz normal in die Schule. Mittlerweile redeten wir schon mehr miteinander. Sie erzählte mir über ihre Lehrer und über die Hausaufgaben, die sie aufbekamen. Außerdem bedankte sie sich ständig bei mir. Ich wusste nicht genau für was, vielleicht war es eine Angewohnheit aus dem Waisenhaus.

Auch an diesem Tag fuhren wir alle gemeinsam nach der Schule zur Therapie, doch diesmal hatte ich gar keine Lust mitzufahren.

Ich saß die ganze Zeit mit verschränkten Armen und griesgrämigem Blick hinten im Auto und schaute aus dem Fenster. Ich versuchte die Gespräche zwischen Emma und meiner Mutter zu ignorieren. Ich wusste, dass sie mir irgendetwas verheimlichten. Irgendetwas, das die beiden näher zusammenschweißte.

9

Die zweite Therapiestunde war genau wie die erste.
Zuerst saßen wir alle gemeinsam im Raum. Danach
wurden meine Mutter und ich wieder hinausgeschickt,
bis meine Mama nach einiger Zeit wieder reingeholt
wurde, während ich draußen im Warteraum blieb.

Ich fühlte mich noch nie ausgeschlossener, als in
diesem Moment. Niemand erzählte mir etwas. Bei
nichts durfte ich dabei sein.

Als die beiden wieder aus dem Zimmer von Molly
herauskamen, bat sie mich herein. Ganz überrascht ging
ich mit kleinen Schritten in den Raum und setzte mich
auf die Couch. Molly kam nach und setzte sich gegenüber von mir auf ihren Stuhl. Sie hielt wieder ihr Notizbuch in den Händen und grinste mich an. Ich grinste zurück und wartete darauf, dass sie anfing zu reden.

„Also Philina. Wie geht es dir mit der neuen Situation? Ich habe gehört, es war deine Idee einem dieser
Kinder zu helfen. Ich finde das ziemlich mutig von dir."
Weil ich nicht wusste, was ich antworten sollte, grinste
ich sie wieder nur an.

„Wie geht es dir mit Emma und der neuen Situation?

Kommst du gut zurecht?", fragte sie mich, als sie merkte, dass ich ein klein wenig überfordert mit der Situation war.

„Mein bester Freund Miles erzählte mir damals von dem Vorfall im Waisenhaus. Ich fand das so schrecklich, dass ich meiner Mutter vorschlug, eines der Kinder bei uns aufzunehmen. Anfangs war meine Mutter nicht so begeistert von der Idee" „Kann ich mir vorstellen!", unterbrach sie mich und nickte mir zu. „Als ich sie dann endlich überzeugen konnte, ging alles gut. Wir lernten Emma kennen und verstanden uns unglaublich gut mit ihr. Sie schien uns ziemlich schnell zu vertrauen, was mich natürlich total glücklich machte. Auch bei uns zu Hause habe ich das Gefühl, dass sie sich schon richtig wohl fühlt. Sie hat sogar ihr eigenes Zimmer, das ich extra für sie eingerichtet hatte."

Molly grinste mich an und schrieb während ich ihr die ganzen Sachen erzählte in ihr Buch. „Das hört sich ja schon ganz gut an."

Ich war kurz davor sie zu fragen, was letztes Mal vorgefallen war.

Wieso Mama und Emma weinten und was sie mir verschwiegen, ließ es jedoch, da Molly sicher nicht mit der

Wahrheit rausgerückt hätte.

Dann erzählte ich ihr noch von dem Vorfall in der Nacht. Denn bisher redete meine Mutter auch nicht über diese Nacht mit mir. Ich hatte das Gefühl, meine Mutter hielt mich außen vor und versuchte ohne mich, eine Bindung zu Emma aufzubauen.

Molly erklärte mir, dass dies ein häufiges Anzeichen für Kinder oder auch Erwachsene sei, die ein traumatisiertes Erlebnis hatten.

Dann fragte sie mich, ob ich denn sonst noch Fragen hätte oder mir weiteres Verhalten von Emma aufgefallen wäre. Als ich mit dem Kopf schüttelte, begleitete sie mich noch zur Tür. Im Warteraum spielten Mama und Emma in der Spielecke, hörten jedoch auf, als sie merkten, dass ich fertig war. Wir zogen unsere Mäntel an und gingen zum Auto.

„Wie war es heute für dich?", fragte mich Mama während wir nach Hause fuhren. „Ganz okay." antwortet ich. Ich versuchte meiner Mutter zu vermitteln, dass ich sauer auf sie war. Ich versuchte ihr mitzuteilen, dass ich mich ausgeschlossen fühlte, doch wie es aussah, bekam sie es nicht mit.

Als wir dann zu Hause waren, reichte es mir. Ich

schleppte meine Mama ins Wohnzimmer und versuchte mit ihr zu reden. „Mama? Was ist letztes Mal bei der Therapeutin vorgefallen? Wieso habt ihr beide geweint? Was habt ihr da drinnen gemacht? Ich fühle mich ausgeschlossen."

Meine Mutter schaute mich an, als hätte sie keine Ahnung davon gehabt, doch ich wusste genau, dass es pure Absicht von ihr war mich aus dem raushalten zu wollen. Wenn man zusammen unter einem Dach wohnt, geht das nun mal nicht, dass man so tut, als wäre der eine nicht da.

„Schätzchen, ich kann verstehen, dass du das Gefühl hast, dass ich dich ausschließe. Doch Emma braucht mich jetzt besonders viel. Das hier ist alles neu für sie und schwer zu meistern. Das musst du verstehen."

„Ist das dein Ernst? Du glaubst ich brauche Aufmerksamkeit und komme deswegen zu dir?" Enttäuscht schaute ich meine Mutter an, sprang von der Couch auf und stapfte halbstark neben Emma, die alles mitbekommen hatte, hinauf in mein Zimmer.

Mir war es peinlich, dass Emma alles gehört hatte, doch was sollte ich tun, wenn meine Mutter mich von allem ausschloss?

Ich schmiss mich auf mein Bett und fing an zu weinen. Nur kurze Zeit später klopfte es sanft an meiner Tür. Sie öffnete sich.

„Es tut mir leid, falls ich der Grund für euren Streit bin." Völlig überrascht blickte ich von meinem Kopfkissen hoch. Emma stand in meinem Zimmer. Sie schaute zu Boden. „Nein, Emma. Du hast an nichts Schuld. Ich bin froh, dass du bei uns bist. Ich bin froh, dass ich dich ab jetzt meine kleine Schwester nennen darf."

Ich versuchte ihr den Gedanken unerwünscht zu sein, so gut es ging aus dem Kopf zu treiben. Dann nahm ich sie in den Arm und streichelte ihr über ihr langes, seidiges Haar.

„Wollen wir spielen gehen?", schlug ich ihr im nächsten Moment vor. Einerseits wollte ich mehr mit Emma zusammen machen, mehr von dem kleinen Mädchen erfahren, andererseits wollte ich einfach nur in meinem Bett weinen und alleine sein. Doch um Emma ein gutes Gefühl zu geben, gingen wir in ihr Zimmer und spielten mit allem Möglichen. Für kurze Zeit konnte ich meine Wut, die ich gegenüber meiner Mutter verspürte, vergessen.

Nach ein paar Stunden erledigte ich noch ein paar Hausaufgaben und telefonierte mit Collin. Es tat gut seine Stimme zu hören und mir alle Sorgen von der Seele zu reden.

Als ich auflegte wurde mir klar, dass sich mein ganzes Leben verändert hatte. Von Miles hörte ich gar nichts mehr. Mein Vater meldete sich sowieso nie und jetzt distanzierte sich auch noch meine Mutter von mir.

Zweifel kamen in mir auf, ob es richtig war, Emma zu adoptieren. Sie brachte mein ganzes Leben durcheinander. Auch wenn ich traurig war, versuchte ich irgendwie einzuschlafen. Doch wie es aussah, war ich nicht die einzige, die in dieser Nacht Probleme hatte, denn Emma konnte wieder nicht schlafen.

Sie schrie und wälzte sich in ihrem Bett hin und her. Ich sprang aus meinem Bett und lief rüber in ihr Zimmer. Meine Mutter war noch nicht da, also versuchte ich völlig überfordert Emma zu beruhigen. Sie schwitzte am ganzen Körper. Ihre Stirn war heiß und ihre Decke komplett nass. Ich streichelte ihr über den Kopf, doch es half nicht. Sie wollte sich nicht beruhigen. Dann versuchte ich das Lied zu singen, das meine Mutter immer sang, um sie zu beruhigen, doch auch das half nicht. Ich kam mir nutzlos vor. Wieso schaffte ich es nicht Emma die Angst zu nehmen?

Ich sank zu Boden und fing an zu weinen. Es war schrecklich Emma so zu sehen und ich saß nur daneben und tat nichts. Ich fühlte mich kraftlos, als wären mir die Hände gebunden.

Als endlich meine Mutter ins Zimmer kam, packte mich die Erleichterung. Sie versuchte zuerst mich zu beruhigen und schickte mich um ein Glas Wasser in die Küche. Ich lief so schnell ich konnte über die Treppen, auf der letzten rutschte ich aus und fiel zu Boden.

Erneut begann ich vor Schmerzen zu weinen. Als wäre nichts passiert stand ich jedoch gleich wieder auf, holte das Glas Wasser und ging so schnell ich konnte wieder zurück in das Zimmer.

Als ich zurückkam hatte Emma bereits aufgehört zu schreien. Meine Mutter hielt sie in den Armen und flüsterte ihr zu. Ich sah wie sich Emmas Brustkorb hob und sank. Auch ich atmete tief ein und aus. Ich ging zurück in mein Zimmer und saß die ganze Nacht wach. Ich schaute von meinem Fenster aus in den Nachthimmel und lauschte der Musik, die mich langsam wieder beruhigte.

Vertieft in die Musik merkte ich gar nicht, wie meine Mutter mein Zimmer betreten hatte. Sie setzte sich langsam neben mich. In ihren Händen hielt sie ein braunes Lederbuch, dass mit einem schwarzen Faden zugebunden war. Das Leder hatte Flecken und war auf den Rändern total abgewetzt. Neugierig nahm ich die Kopfhörer aus den Ohren und schaute meine Mutter mit erwartungsvollem Blick an.

„Philina, ich weiß, ich habe dir in den letzten Tagen das Gefühl gegeben, dich auszuschließen. Ich finde du solltest die Wahrheit wissen, bevor unsere Beziehung dadurch kaputt geht." Danach war ich noch neugieriger als zuvor. Noch immer streichelte sie mit einer Hand über das alte Lederbuch.

„Bevor ich dir dieses Buch gebe, möchte ich das du weißt, dass ich dich nie anlügen wollte oder diesen Teil von mir verheimlichen wollte. Noch keiner zuvor hat dieses Buch gelesen, du bist die Erste. Ich wollte nie, dass du es so erfahren musst. Doch dieser Teil gehört zu meinem Leben und jetzt auch teilweise zu deinem. Ich will, dass du die ganze Wahrheit erfährst. Du bist jetzt stark genug."

Jetzt hatte ich Angst. Sie gab mir mit zitternden

Händen das Buch. Man merkte, dass es ihr überhaupt nicht leicht fiel, sich davon zu trennen.

Dann stand sie auf und ging aus meinem Zimmer. Völlig neugierig öffnete ich langsam den Faden, der mit einer Schleife um das Buch gebunden war und schlug die erste Seite auf. Das Buch wurde von einem Kind geschrieben, denn die Handschrift, die man sehen konnte, war noch relativ wackelig. Die Schrift schien jedoch so alt, dass sich bereits Teile von der Tinte auflösten. Es fing an mit einem Datum.

20. August 1973...

10

Als ich die erste Seite fertiggelesen hatte, war ich sprachlos.

Als mir klar wurde, dass es sich um ein Tagebuch aus dem alten Waisenhaus handelte, musste ich weinen.

Auf der nächsten Seite ging es mit dem *21. August 1973* weiter.

21.August 1973

Die Wände der Waschküche erdrücken mich. Jeden Tag stehe ich in dem kalten Keller und schrubbe mir auf dem Waschbrett meine Hände wund. Ohne Schuhe und ohne Socken spüre ich den kalten Erdboden. Ich kenne jede Unebenheit, die sich im Boden bemerkbar macht und jede Ritze in den Mauern auswendig.

Wie jeden Tag hing ich wieder die schon alten Leinen auf die Wäscheleine. Auch wenn es jeden Tag dieselbe Arbeit ist und jeder von uns sein Bestes gibt, reicht unsere Anstrengung den Erzieherinnen nicht aus. Die Freude, die sie daran haben uns in irgendeiner Art zu verletzen ist so groß, wie unsere Angst vor ihnen.

Ihre Skrupellosigkeit ist für mich unbegreiflich. Ihr

Verlangen danach ist wie eine Sucht für sie.

Wir sind für sie reine Last. Ohne Liebe, ohne Zuwendung und ohne Rücksicht. Wie kleine Maschinen, täglich zur Arbeit gezwungen. Sie sind wie gefühlslose Furien, die jeden anschreien und schlagen. Wenn sie Blut sehen sind sie befriedigt.

Sie lachen dich aus, weil du nicht mehr Stärke zeigst. Doch wenn sie selbst jemand so behandeln würde, würden sie Scharm verspüren, das weiß ich. Ihnen würden die Augen geöffnet werden. Sie würden sehen, welchen Schaden sie anrichten. Sie würden all den Schmerz spüren, den wir spüren müssen. Sie würden all die Tränen vergießen, die wir nur durch sie vergießen. Sie würden all die harte Arbeit selbst verrichten und sie würden täglich das Gefühl von Unzufriedenheit verspüren.

Es gibt kein Entkommen aus diesem Gemäuer, es gibt kein Entfliehen. Doch die meisten wollen gar nicht weg. Sie sind froh darüber, dass sie ein Dach über dem Kopf haben, weil viele von ihnen von der Straße kommen. Sie sind schon zufrieden, wenn sie etwas zu essen bekommen. Sie wissen nicht, wie es ist in einer Familie zu leben und geliebt zu werden. Manche leben bereits

ihr ganzes Leben in diesen Mauern unter der Aufsicht
der Nonnen und kennen nichts Anderes. Aber ich
schon. Ich vermisse euch so sehr.

F.B.

Ich konnte gar nicht mehr aufhören zu lesen. Ich war so
gefesselt von den Erzählungen und Geschichten, dass
ich Seite für Seite durchging. Ein paar Mal rannte mir
ein kalter Schauer über den Rücken. Ich musste Zeilen
zweimal lesen um zu realisieren, das dies wirklich passiert war.

16. September 1973

Ich weiß nie wie spät es ist. Die Vorhänge im Keller
waren immer zugezogen, so kann niemand von uns
raussehen. Wenn wir einmal raus dürfen, dann nur hin-
ter das Haus, um entweder im Garten zu arbeiten oder
um zur Strafe mit dem kalten Wasser des Gartenschlau-
ches abgebraust zu werden, bis wir blaue Flecken be-
kommen. Ich musste auch schon mal unter das kalte
Wasser, weil ich ein Leintuch nicht genau gewaschen
hatte. Angeblich. Wahrscheinlich war es nicht einmal
meine Schuld, doch sie suchte sich irgendeinen

Schuldigen und das war an diesem Tag ich.

Nur wenig Kinder dürfen im Vordergarten spielen und das nur unter der Aufsicht von einer Erzieherin.

Heute dachte ich, würde ein ruhiger Tag werden. Wir gingen in die Schule, die im selben Gebäude ist wie der Essraum und von denselben Erwachsenen unterrichtet wird, die uns auch erziehen.

Nach dem Unterricht mussten wir sofort wieder in die Waschküche, um am Boden unsere Wäsche und die, der Erzieherinnen zu waschen. Heute saß eine von ihnen direkt hinter mir und schaute mir über die Schulter. Sie schubste mich ein paar Mal, sodass ich mit meinem Kopf direkt in die Wanne mit Seifenwasser eintauchte. Ich hörte nur ihr Lachen, das wie das Grunzen eines Schweines klang.

Ich musste mich zusammenreißen, um nicht zu weinen. Ich hatte den ganzen Schaum in meinem Mund.

Als sie mich einmal reinschubste, schlug ich sogar mit meinem Kopf auf den Boden der Wanne und bekam eine Beule. Doch das war nicht alles. Eine von den Erzieherinnen zog Clara, die neben mir kniete, hoch. Man konnte ihre blutigen Knie durch ihr Kleid sehen, die durch das Knien am harten Boden ganz aufgeschürft waren. Ich konnte sehen, wie ihre Lippen zitterten als sie mich ängstlich anschaute.

Die Erzieherin schubste sie zu der Bank, wo sie zuvor drauf saß, befahl ihr, sich daraufzustellen und sich nackt auszuziehen. Sie wollte Clara bloßstellen. Dann befahl sie jedem Kind auf Clara zu schauen und sie auszulachen. Da jeder Angst hatte, es könnte ihm dasselbe angetan werden, folgten alle den Worten der Frau und lachten Clara aus während sie nackt auf der Bank stand. Nur ich lachte sie nicht aus. Soll sie mich auch nackt ausziehen, doch Clara lache ich auf keinen Fall aus. Ich vermisse euch so sehr.

F.B.

Ich blätterte weiter…

4. Oktober 1973

Wir versuchen jetzt jeden Tag schon wach zu sein bevor die Erzieherinnen kommen, um uns aufzuwecken.

Morgens und abends haben wir immer Zeit zu spielen. Auch wenn wir das eigentlich nicht dürfen. Wir malen auch. Doch da dieses Buch das Einzige ist, was ich noch von euch habe und ich doch das alles hier mit euch teilen muss, mussten sich Clara und ich etwas anderes suchen, auf dem wir zeichnen konnten. Also nehmen wir jetzt immer die Steine, die von den Zimmerwänden runterfallen und zeichnen Bilder unter unseren Matratzen in der Hoffnung, dass sie die Erzieherinnen nie finden werden, sonst würden wir richtig Ärger bekommen.

Als wir den Schlüssel plötzlich im Schlüsselloch hörten, warfen wir die Steine in die Ecke, ließen die Matratze fallen und setzten uns schnell darauf. „Alle in eine Reihe aufstellen", schrie sie uns an als sie die Tür aufsperrte und hereinkam.

Sie behandeln uns hier wie Sklaven, wie Objekte, wie kleine Arbeiter, die für die Erwachsenen den Dreck beseitigen. Sie behandeln uns wie lästige Tiere, die gebändigt werden müssen, wie Außenseiter der

Gesellschaft. So fühle ich mich auf jeden Fall.

Als wir alle verschlafen in einer Reihe standen, kniff sie der Jüngsten aus dem Zimmer in den Hintern. In ihrem Gesicht merkte ich die Befriedigung in ihr, das erleichternde Gefühl, das sie verspürte.

Als sie mich ansah, blieb mir der Atem stehen. Ich hatte sogar Angst zu schlucken, also versuchte ich es mir zu verkneifen. Sie kniff mir in die Backen und grinste mich an, als wären wir ihr wichtig. Ich schaute ihr tief in die Augen und versuchte meine abwertenden Gedanken dieser Frau gegenüber zu ignorieren, konnte es jedoch nicht. Ich hasste alle Frauen in diesem Haus.

Dann gingen wir alle in den Versammlungsraum, wo sie uns immer Neuigkeiten oder anderes mitteilen. Danach gehen wir eigentlich immer in den Unterricht, doch an diesem Tag zog mich eine der Frauen in einen Raum.

Zuerst konnte ich nicht sehen, was es für ein Raum war, weil es stockfinster war. Ich dachte, ich hatte irgendetwas falsch gemacht, obwohl ich bei weitem nicht wusste was das war. Auf einmal klebte sie mir ein Stück Klebeband auf meinen Mund. Ich versuchte mich zu wehren, schlug wild um mich und versuchte wegzurennen, doch sie hielt mich mit ihren eiskalten Händen fest. Dann drückte sie mich über ihr Knie und hob mein Kleid hoch.

Ich zitterte am ganzen Körper. Ich hatte solche Angst. Ich kniff meine Augen ganz fest aneinander und versuchte an etwas anderes zu denken. Ich begann zu beten. Dann zog sie meine Unterhose langsam runter. Erneut versuchte ich wild um mich zu schlagen und biss sie in die Wade. Daraufhin schlug sie so fest sie konnte auf mich ein. Es brannte wie die Hölle. Ich begann zu weinen und wünschte mir wegzurennen.

Dann spürte ich wie sie plötzlich mit ihrem Finger an meinem Bein entlang fuhr und dann wie er in mich eindrang. Wieder trat ich mit meinen Füßen um mich, doch sie hielt mich so fest in ihrem Griff, dass ich kaum etwas dabei ausrichtete. Ich will mich gar nicht daran zurückerinnern. Ich merkte, wie sie sich daran erfreute, was mich nur noch mehr zum Weinen brachte. Noch nie fühlte ich mich so erniedrigt und benutzt wie in diesem Moment.

Als sie fertig war schmiss sie mich zu Boden, rüttelte ihre Kleidung zurecht und lies mich ausgezogen in dem dunklen Raum liegen. Sie sperrte die Tür zu und *ließ mich am Boden liegen. Ich vermisse euch so sehr.*

F.B.

~ 11 ~

Als ich das las bekam ich Gänsehaut am ganzen Körper. Für einen Moment konnte ich nicht weiterlesen.
Wem auch immer dieses Tagebuch gehörte, sie brachte
es so genau aufs Papier, das man das Gefühl hatte, mit
ihr dort gewesen zu sein.

Ich war so erschüttert von diesem Eintrag, dass ich mir
eine Träne wegwischen musste, die währenddessen
meine Wange hinunterlief. Nach ein paar Mal tiefen
Ein- und Ausatmens, klappte ich das Tagebuch wieder
auf, um weiterzulesen.

Als ich das ganze Tagebuch durchgelesen hatte,
schloss ich es wieder und schaute sprachlos aus dem
Fenster. Dann ging mein Blick wieder Richtung Lederbuch. Ich wollte meine Mutter fragen. Ich wollte sie zur
Rede stellen, doch als ich auf die Uhr schaute, bemerkte
ich, dass es bereits fünf Uhr morgens war. Da es Winter
war und die Sonne erst später aufging, bemerkte ich gar
nicht wie lange ich gelesen hatte. Doch da ich sowieso
früh aufstehen und in die Schule gehen musste, beschloss ich die restliche Zeit wach zu bleiben.

Dieses kleine alte Buch war das Schrecklichste, was

ich je zu lesen bekam und zu wissen, dass es echt passiert war, machte die ganze Sache nicht erträglicher.

Noch immer überlegte ich, wem dieses Tagebuch gehören könnte, der aus dieser Zeit kam und den meine Mutter kannte. Plötzlich setzten sich alle Teile zu einem Puzzle zusammen.

Nein, das konnte doch nicht sein. Das war unmöglich. *F.B.,* die Initialen an jedem Ende eines Eintrages, die abweisende Art gegenüber der Adoption und dem Waisenhaus, der Brief, den bestimmt das Jugendamt damals geschickt hatte, um uns persönlich darüber zu informieren - es ergab alles einen Sinn. Immer mehr Fragen sammelten sich in kürzester Zeit in meinem Kopf, die ich alle sofort geklärt haben wollte. Ich musste wissen, ob dies das Tagebuch meiner Mutter war.

Da Mama aber bereits in der Arbeit war musste ich bis nach der Schule warten, um all diese Fragen zu klären.

Ich ging ins Bad und stellte mich unter die Dusche. Eine ganze Ewigkeit ließ ich das Wasser einfach über meine Haut rinnen. Über mein Gesicht, meine Augen, meine Lippen, meinen Hals hinunter, über meine Brust und meinen Bauch, über meine Beine, meine Knie und meine Füße. Das Wasser fühlte sich so eiskalt auf der Haut an, als würde mich ein Strahl durchschneiden.

Ich versuchte meine Gedanken zu sortieren, einen Moment nicht daran zu denken, doch es gelang mir nicht. Ich konnte nicht aufhören an diesen einen Eintrag zu denken. Er durchbohrte mich wie ein spitzer, erhitzter Eisenstab. Ich schäumte mich mit Duschgel ein und rieb dann so fest ich konnte mit dem Badeschwamm über meine Haut. Ich hatte das Gefühl eine lasthafte Schicht auf mir zu haben, die ich runterschrubben musste.

Ich wollte dieses Gefühl, das ich verspürte loswerden. Ich wollte es wegschrubben.

Als meine Kraft nachließ fiel ich zu Boden und hockte in der Dusche. Das Wasser lief noch immer über meinen Kopf. Ich sah die roten Flecken, die ich mit dem Schwamm verursacht hatte und versuchte sie mit kühlem Wasser zu besänftigen.

Als ich aus der Dusche stieg, fühlte ich mich ein wenig besser, doch die Last, die ich auf mir verspürte, wollte nicht weggehen.

Ich hatte das Gefühl, ich erlebte genau dieselben

schrecklichen Dinge wie das Mädchen aus dem Tagebuch. Auch in der Schule gingen mir die schaurigen Geschichten nicht aus dem Kopf. Ich war während des Unterrichts wie weggetreten. Einmal ermahnte mich sogar eine Lehrerin, weil ich nur aus dem Fenster starrte, doch heute konnte ich mich einfach nicht konzentrieren.

Als endlich die Glocke läutete, die die letzte Stunde beendete, stürmte ich erleichtert aus dem Klassenzimmer. Ohne mich von Miles zu verabschieden, holte ich Emma von ihrer Klasse ab und ging mit ihr zusammen zum Parkplatz, wo Mama bereits auf uns wartete. Auch wenn ich sie unbedingt fragen wollte, ob dieses Tagebuch ihr gehörte, musste ich mir all die Fragen noch einige Zeit verkneifen. Vor Emma wollte ich kein Wort darüber verlieren. Ich wollte sie auf keinen Fall in etwas hineinziehen, durch das sie schon einmal durchmusste. Mama und ich hatten uns nämlich geschworen in Emmas Anwesenheit kein einziges Wort über das Waisenhaus zu verlieren.

Es fiel mir schwer meiner Mutter in die Augen zu sehen, also versuchte ich mich so normal wie möglich zu verhalten und den Augenkontakt mit ihr zu vermeiden.

Wir fuhren wie jeden Tag wieder zur Therapiestunde. Während Emma bei Molly war, versuchte ich die ganze Zeit im Warteraum das Thema anzuschneiden. Den ganzen Tag platzte ich nur so vor Fragen, doch als es so weit war, schwieg ich wie ein Mäuschen. In meinen Gedanken schien alles so leicht, doch als ich vor meiner Mutter saß, wusste ich nicht, wie ich anfangen sollte.

Wie zwei steife Socken saßen wir nebeneinander und brachten kein Wort raus. Beide wussten wir, dass ich nun in das große Geheimnis eingeweiht war und genau darüber Bescheid wusste.

Durch ihre Art konnte ich mir schon selbst zusammenreimen, dass das Tagebuch ihr gehören musste. Also saß ich an diesem Nachmittag in diesem Warteraum und musste mir eingestehen, dass meine Mutter als Kind durch die Hölle gehen musste, genau wie Emma.

Meine Mutter!

Doch wie kam sie damals in dieses Waisenhaus? Was ist damals passiert? Wer war meine Mum eigentlich? Wusste mein Vater Bescheid? War alles eine Lüge?

Aber jetzt war bestimmt nicht der richtige Zeitpunkt darüber zu reden. Ich musste warten, bis wir zu Hause waren. Völlig in Gedanken verwickelt merkte ich gar nicht wie währenddessen Emma neben mir Platz nahm und mit Mum den Platz tauschte.

Als mich Emma antippte, wachte ich aus meiner Gedankenwelt auf und schaute sie verwirrt an. Sie deutete auf mein Handy und fragte, ob sie das eine Spiel mit dem Zug spielen dürfte. Da ich noch völlig neben mir stand gab ich ihr, ohne nachzudenken, einfach mein Handy und ließ sie den Rest der Zeit spielen.

Nach ca. einer halben Stunde kam Mama wieder ins Wartezimmer und schickte mich zu Molly. Sie stellte mir die üblichen Fragen, die ich normalerweise mit Leichtigkeit beantworten konnte. Doch diesmal konnte ich mich weder auf die Fragen, noch auf Molly konzentrieren. Ich antwortete nur kurz auf all die Fragen, die sie mir stellte und wurde kurz darauf wieder rausgeschickt. Molly begleitete mich noch die Tür hinaus und wir fuhren wieder nach Hause.

Als wir zu Hause waren, wusste ich nicht, wie ich meine Mutter darauf ansprechen sollte, also ging ich in mein Zimmer und versuchte mir zu überlegen, wie ich das Ganze jetzt angehen sollte und wie ich damit umgehen werde.

Doch ich starrte nur an die Decke. Ich war völlig fertig und aufgebracht. Ich wusste nicht, wie ich darüber denken sollte und fühlte mich belogen. Ich setzte mich wieder auf meine Fensterbank und versuchte meine Gedanken zu ordnen.

Nach einiger Zeit öffnete sich plötzlich meine Tür und meine Mutter schaute herein.

„Schläfst du schon?", fragte sie leise. Doch als sie mich am Fenster sah, konnte sie sich diese Frage selbst beantworten und kam in mein Zimmer. Sie setzte sich zu mir und schaute mich erwartungsvoll an.

„Es ist deins, nicht wahr?" Da ich bereits mit der Antwort rechnete, war ich auch nicht sonderlich überrascht, als meine Mutter mit dem Kopf nickte. Die Fragen, die ich jedoch zuvor hatte, waren plötzlich wie weggeblasen. Ich schaute zu Boden und versuchte vergebens die merkwürdige Stille zwischen uns zu unterbrechen.

Dann fing sie auf einmal an, mir alles zu erzählen.

Als sie fertig war, fragte sie mich „Was denkst du darüber?"

Doch auch nachdem ich jetzt über alles Bescheid wusste, brachte ich kein einziges Wort aus mir heraus.

Plötzlich begann ich zu weinen und umarmte meine Mutter. Sie strich mir über den Rücken und versuchte mich zu beruhigen.

„Es wird immer Herausforderungen im Leben geben, die wir zu meistern haben. Aber durch all das, das uns schwer und unfair vorkommt, durch all das, wodurch wir leiden müssen, werden wir stärker und lernen dazu. Vergiss das nicht mein Schatz."

Ende

NACHWORT

Von Viola Kraft

Diese Geschichte soll ein Beispiel dafür sein, dass in jedem Menschen ein Geheimnis stecken kann mit dem er zu kämpfen hat. Vor allem bei einem Trauma können psychische Schäden verursacht werden, die einem das ganze Leben beeinflussen können. Niemanden von uns ist es gestattet über andere Menschen zu urteilen, dessen Geschichte wir nicht kennen oder dessen Situation wir nicht bereits selbst durchlebt haben. Auch wenn so manche Momente im Leben aussichtslos erscheinen, oder man eine tiefgreifende Veränderung durchlebt, darf man sich von seiner Angst nie unterkriegen lassen. Man muss versuchen einen Weg zu finden, damit umzugehen und das Beste aus jeder Situation zu machen.

DANKSAGUNG

Ein großes Dankeschön möchte ich an Lukas Galle aussprechen, der mir nicht nur beim formatieren des Buches, sondern auch beim designen des Covers geholfen hat.
Auch Lisa Koch und Karin Füllerer möchte ich danken, die mir bei der Korrektur geholfen haben und ohne die eine Veröffentlichung nicht möglich gewesen wäre.
DANKE!